U0609298

共和国故事

迎战雪灾

——南方十七省战胜特大暴风雪袭击

周丽霞 编写

吉林出版集团股份有限公司

图书在版编目（CIP）数据

迎战雪灾：南方十七省战胜特大暴风雪袭击/周丽霞编. —

长春：吉林出版集团股份有限公司，2009. 12

（共和国故事）

ISBN 978-7-5463-1875-2

Ⅰ. ①迎… Ⅱ. ①周… Ⅲ. ①纪实文学 – 中国 – 当代 Ⅳ. ①I25

中国版本图书馆 CIP 数据核字（2009）第 237702 号

迎战雪灾——南方十七省战胜特大暴风雪袭击

YINGZHAN XUEZAI　　NANFANG SHIQI SHENG ZHANSHENG TEDA BAOFENGXUE XIJI

编写　周丽霞

责任编辑　祖航　黄群

出版发行　吉林出版集团股份有限公司

印刷　三河市嵩川印刷有限公司

版次　2010 年 1 月第 1 版　　　　2022 年 1 月第 8 次印刷

开本　710mm × 1000mm　1/16　　印张　8　字数　69 千

书号　ISBN 978-7-5463-1875-2　　定价　29. 80 元

社址　吉林省长春市福祉大路 5788 号

电话　0431 – 81629968

电子邮箱　tuzi8818@126. com

版权所有　翻印必究

如有印装质量问题，请寄本社退换

前　言

　　自 1949 年 10 月 1 日中华人民共和国成立至今,新中国已走过了 60 年的风雨历程。历史是一面镜子,我们可以从多视角、多侧面对其进行解读。然而有一点是可以肯定的,那就是,半个多世纪以来,在中国共产党的领导下,中国的政治、经济、军事、外交、文化、教育、科技、社会、民生等领域,都发生了深刻的变化,中国人民站起来了,中华民族已屹立于世界民族之林。

　　60 年是短暂的,但这 60 年带给中国的却是极不平凡的。60 年的神州大地经历了沧桑巨变。从开国大典到 60 年国庆盛典,从经济战线上的三大战役到经济总量居世界第三位,从对农业、手工业、资本主义工商业的三大改造到社会主义市场经济体制的基本确立,从宜将剩勇追穷寇到建立了强大的国防军,从废除一切不平等条约到独立自主的和平外交政策,从"双百"方针到体制改革后的文化事业欣欣向荣,从扫除文盲到实施科教兴国战略建设新型国家,从翻身解放到实现小康社会,凡此种种,中国人民在每个领域无不留下发展的足迹,写就不朽的诗篇。

　　60 年的时间在历史的长河中可谓沧海一粟。其间究竟发生了些什么,怎样发生的,过程怎样,结果如何,却非人人都清楚知道的。对此,亲身经历者或可鲜活如昨,但对后来者来说却可能只是一个概念，对某段历史的记忆影像或不存在，或是模糊的。基于此，为了让年轻人，特别是青少年永远铭记共和国这段不朽的历史，我们推出了这套《共和国故事》。

《共和国故事》虽为故事，但却与戏说无关，我们不过是想借助通俗、富于感染力的文字记录这段历史。在丛书的谋篇布局上，我们尽量选取各个时代具有代表性或深具普遍意义的若干事件加以叙述，使其能反映共和国发展的全景和脉络。为了使题目的设置不至于因大而空，我们着眼于每一重大历史事件的缘起、过程、结局、时间、地点、人物等，抓住点滴和些许小事，力求通透。

历史是复杂的，事态的发展因素也是多方面的。由于叙述者的视角、文化构成不同，对事件的认知或有不足，但这不会影响我们对整个历史事件的判断和思考，至于它能否清晰地表达出我们编辑这套书的本意，那只能交给读者去评判了。

这套丛书可谓是一部书写红色记忆的读物，它对于了解共和国的历史、中国共产党的英明领导和中国人民的伟大实践都是不可或缺的。同时，这套丛书又是一套普及性读物，既针对重点阅读人群，也适宜在全民中推广。相信它必将在我国开展的全民阅读活动中发挥大的作用，成为装备中小学图书馆、农家书屋、社区书屋、机关及企事业单位职工图书室、连队图书室等的重点选择对象。

编　者

2010 年 1 月

一、灾情发生

交通大动脉面临瘫痪危险/002

电力设施大面积毁损/005

农业和林业遭受重创/007

居民生活受到严重影响/009

旅游业遭受重大损失/011

二、中央关注

胡锦涛主持政治局会议/014

温家宝赶赴受灾第一线/016

交通部力保道路畅通/023

公安部加强交通疏导/026

民政部财政部下拨救灾资金/030

农业部派出专家组指导救灾/033

三、抗冰救灾

地方领导带头奋战一线/036

电力行业组织抗灾自救/050

交通部门职工坚守一线/064

人民警察一马当先抗灾解困/075

目
录

部队官兵奋勇抗灾抢险/081
消防干警的无私奉献/089
抗冰保竹战斗打响/100
群众自发的抗灾义举/103

四、八方支援

海外华人踊跃捐钱捐物/112
京剧名家举办赈灾义演/115
慈善功德会援建民房/117

一、 灾情发生

● 扳道路工拿起电话，紧急呼救："喂！喂！喂！！"电话里传来的却是占线状态的忙音。

● 长沙站告急，武昌站告急，郑州站告急，北京站告急……风雪在延伸的铁路线上肆虐，整个中国都在告急！

● 山顶上的游客开始大声地惊呼："大桥坍塌啦！"

交通大动脉面临瘫痪危险

2008 年 1 月 10 日，中国南方的大部分地区下起了飘飘洒洒的雪花。

面对"落地为白银，着树成梨花"的美景，生活在城市中的人们纷纷拿出照相机奔到雪地里给自己留下难得的倩影，他们堆雪人、打雪仗，雪花飞舞之中飞扬着孩子们的笑声……

1 月 26 日，大大小小的雪已下了半个多月。在京广线路口段，一个叫叶青山的扳道路工像往常一样，去履行他的工作职责。这一天，他除了看满天的冰雪美景外，并没有感到有什么异常。

突然，他发现道岔扳不动了。这是他从来没有遇见过的事。

这个道岔他已经扳了几十年了：从 17 岁顶父亲的职在这个小站当扳道工，到今年将近 50 岁；从手工扳道路到电动扳道路，他一次也没有感觉过异常。可是，今天是怎么了？

他又试了一遍，还是不行。他知道出事了。

他拿起电话，紧急呼救："喂！喂！喂！！"

电话里传来的却是占线状态的忙音。他哪里知道，此时在京广线南段有很多像他这样的扳道工，都在告急。

长沙站告急，武昌站告急，郑州站告急，北京站告急……

风雪在延伸的铁路线上肆虐，整个中国都在告急！

1月26日是农历腊月十九。

这一天，天刚亮，中铁电气化局就接到紧急通知，京广线长沙供电段管内16个区间138公里信号自闭线路和电力京广沿线供电系统相继受损，倒塌的高压线、铁塔阻碍铁路供电，导致株洲至坪石区间30多个中间站电网中断，500多处接触网受损。贯通线因冰雪灾害断电，损毁严重，造成铁路信号中断，具体损毁情况不明。

到1月27日，湖南、广东、上海、安徽、江苏、广西、贵州、湖北、四川、江西等省区始发的列车相继晚点，出现旅客滞留的情况。广铁集团管内晚点客车52次，滞留旅客较多。其中，广州站滞留旅客就达80万。

此时正是春运高峰期，钢铁运输线的中断，导致南北铁路大动脉彻底瘫痪。

从1月10日起，京广、京九、沪昆、焦柳等主要干线普降大雪，已使湖北、湖南、江苏、安徽、山西、四川、重庆、广西境内高速公路大部分封闭，沪宁高速公路全线封闭，沪杭高速公路上海段封闭。

普通国道干线的11条国道局部路段因道路结冰，均无法通行。

另外，大雪也使航空运输受到巨大影响。截至1月中旬，全国关闭机场已多达24个，它们是：南昌、南京、常州、长沙、南充、宜昌、铜仁、合肥、洛阳、九江、贵阳、盐城、黄山、无锡、恩施、常州、南通、芷江、常德、南阳、张家界、襄樊、郑州、武汉。

多个机场和高速公路的封闭，部分公路交通的中断，使大量客流不得不从公路、航空等交通线路转至铁路。

此时，年关将近，在外辛苦劳作了一年的人们，原都准备在春节期间回家与亲人团聚，共度佳节。然而，京广线湖南段的铁路交通中断，使他们的愿望在刹那间变得遥不可及。

电力设施大面积毁损

从 1 月中旬到 2 月上旬，持续的低温、雨雪、冰冻极端天气，造成电网大面积倒塔断线，13 个省（区、市）输、配电系统受到影响，170 个县（市）的供电被迫中断，3.67 万条线路、2018 座变电站停运。

位于京广线要冲的湖南省，除湘北、湘西外，全省有 500 千伏电网停运，郴州电网遭受毁灭性破坏。

贵州省的 500 千伏主网架基本瘫痪，西电东送通道全部中断。

四川电网则有 1 座 500 千伏变电站和 1 座 220 千伏变电站停运，二滩电站 4 条 500 千伏送出线路一度停运。自 1 月 22 日起，四川因受雨雪冰冻灾害影响，停电面积达 5460 平方公里。大范围、大面积地停电，导致全省 5343 户工矿企业停产。古蔺县因高压输电干线损毁，全县停电。

江西省的电力毁损情况最为严重：

该省累计损坏 500 千伏线路 15 条，占总数的 80%，其中倒塔 112 基、断线 133 处；

停运 500 千伏变电站 2 座，占总数的 30%；

累计损坏 220 千伏线路 58 条次，占总数的 40%，其中倒塔 113 基、断线 175 处；

停运 220 千伏变电站 35 座，占总数的 60%；

累计损坏 110 千伏线路 168 条次，占总数的 40%，其中倒杆 362 基、断线 307 处；

累计停运 110 千伏变电站 112 座，占总数的 50%。

大面积电力中断导致灾区工业生产受到很大影响，其中湖南 83% 的工业企业、江西 90% 的工业企业一度停产。

另外，停电还使灾区城镇水、电、气管线（网）及通信等基础设施受到不同程度破坏，人民群众的生命安全受到严重威胁。

据民政部初步核定，此次灾害共造成 129 人死亡，4 人失踪；倒塌房屋 48.5 万间，损坏房屋 168.6 万间；因灾直接经济损失达 1516 亿元人民币。

农业和林业遭受重创

2008 年 1 月中旬到 2 月上旬，南方的大雪肆虐之后，大部分地区民房倒塌；林地受损，森林受灾面积 3.4 亿亩，种苗受灾 243 万亩，损失 67 亿株；农作物受灾面积 2.17 亿亩，绝收 3076 万亩；良种繁育体系受到破坏，塑料大棚、畜禽圈舍及水产养殖设施损毁严重，畜禽、水产等养殖品种因灾死亡不计其数。

截至 1 月 24 日 11 时，仅安徽省就有 16 个地市受灾，灾害已造成直接经济损失 8.77 亿元，其中农业损失 5.66 亿元人民币。

1 月 12 日以来，安徽省连续发生 3 次降雪。其中 18 日开始的一次降雪雪量较大，18 至 20 日沿淮地区和大别山区降大雪到暴雪，21 至 22 日降雪减小。大雪过后，沿淮地区积雪深度 10 厘米以上，大别山区 25 厘米以上，岳西、霍山部分乡镇最深达 50 厘米。

另外，六安、安庆、池州、巢湖、宣城、铜陵、黄山、滁州、阜阳、宿州、亳州、合肥 12 个市受灾人口达 300 余万人，转移安置 4288 人，因灾死亡 1 人；农作物受灾面积 15 万公顷；倒塌房屋 3635 间。

灾情较重的大别山区和皖南山区有 50 多个乡镇道路不通，部分乡镇电话、供电中断，主要集中在大别山区的舒城、金寨、霍山、岳西、太湖等县。

其中六安市 32 个乡镇道路不通，19 个乡镇的 110 个村供电或电话中断；岳西县 17 个乡镇道路不通，影响到 30 万人；太湖县 8 个山区乡镇道路不通，影响到 22 万人。

湖北省此次持续雨雪及低温冰冻天气共造成 780 万人受灾，因灾直接死亡 5 人，另外，因雪灾造成交通事故死亡 9 人，紧急转移受灾群众 7.23 万人。农作物受灾面积 48.13 万公顷，其中绝收 3.79 万公顷。倒塌房屋 1.1 万多间，损坏房屋 3.3 万间。因灾直接经济损失 14.3 亿元。

此次降雪是湖北省 16 年来最严重的降雪。十堰、恩施、咸宁、黄冈、宜昌等地受灾较为严重。其中十堰市和宜昌市连续低温、降雪分别创下 53 年和 30 年纪录，有 49 个县市积雪深度维持在 5 厘米以上，12 个县市积雪深度超过 10 厘米。

四川作为我国重要的农业大省，此次冰雪灾害对盆地四周山区的马铃薯、油菜、枇杷、草莓、树上保鲜柑橘等作物造成巨大损失，全省农作物受灾达 960.1 万亩，成灾 373.1 万亩，绝收 55.4 万亩。

全省畜牧业因积雪压塌圈舍 3.7 万平方米，死亡牲畜 5.2 万头（只）、家禽 413.7 万只，林业造林地受灾面积 783.7 万亩。

居民生活受到严重影响

2008 年年初南方的雪灾，是一场突如其来的冰雪灾害，灾情范围之广、强度之大、持续时间之长，为历史罕见。

被誉为"天府之国"的四川省遭遇的冰雪灾害为 30 年未遇，盆地地区遭遇的冰雪灾害为近 50 年未遇，盆地内平均气温较历史同期偏低 3 至 5 度，大部分地方持续低温天数，突破历史同期极值。

此次冰雪灾害给四川人民的生产生活造成了严重影响。灾害不仅造成了大量的房屋倒塌和损坏，还导致达州、宜宾、泸州等地出现河流封冻、蓄水池冰冻、部分饮用水管道破裂等灾情。

据统计，四川至少有超过 10 万间房屋倒塌或损坏，有近 250 万人需要解决饮水困难问题。

此次冰雪灾害发生之时，又正值一年一度的春运高峰时段。持续的雨雪天气还导致四川部分地区大雪封路、山区道路结冰，车辆无法通行或交通严重不畅，被困阻车辆达 3 万台（次）、人员达 12 万人（次）。

仅 1 月 27 日晚至 28 日上午，全省就有多达 13 条高速公路被迫部分封闭或全部封闭。省内各航空公司、各机场也因雨雪累计延误航班 1967 班，取消 616 班，滞留

灾情发生

旅客 2.8 万人。

电力、通讯等基础设施在此次冰雪灾害中也遭受了不同程度的破坏。

古蔺县因高压输电干线损毁，全县停电，给人民生活和正常生产带来严重困难。

旅游业遭受重大损失

2008 年 1 月，在南岳衡山，当雪花星星点点地洒落在南岳十二峰时，这迷人的雪景吸引来了无数的游客。

这些游客很多都是从广州、香港、澳门过来的旅游团队，他们被这里奇异的雾凇景观所陶醉。特别是当冰雪达到 20 厘米时，美丽的景象无与伦比。人们成群结队地拥向这里，有的还是自驾车的旅行者，他们日夜兼程，蜂拥而至……

然而，就在人们纷纷上山欣赏瑞雪中的无限风光时，灾难发出了它的第一个信号：

南岳镇与衡山店门镇交接处的唯一桥梁——王家坝大桥在冰雪中出现了裂缝，并随之倾斜、坍塌。

山顶上的游客一下子陷入恐慌和混乱之中。人们开始惊呼："大桥坍塌啦！"

风也开始怒吼，乌云也开始翻滚，整座山好像都摇晃起来。

陷入这种天塌地陷般恐惧的，绝不仅仅只是一座衡山。1 月 29 日 11 时，成都市大邑县西岭雪山也有上千名游客被困在山上。这里被困的旅客有一半是孩子，最小的仅 4 岁。

29 日 11 时 20 分，他们来到索道处准备下山时，却突然被告知，因停电，索道停止运行。一群人被迫待在原地，又冷又饿。

14 时许，景区领导来到现场，将游客接到风景区内安排用餐与休息。餐厅工作人员告知，由于停电，大家只能吃方便面。

在湖南，甚至在整个华南，有无数个风景区，都因为一场突然而至的冰雪灾害困住了前来旅游、观赏的游客。据统计，仅在湖南境内被大雪围困的人数就达 30.7 万人。

暴雪不仅使游客饱受惊骇，还使全国的旅游业受到重大损失。

雪灾给全国 17 个省（区、市）旅游业造成经济损失总计 69.7 亿元人民币。全国有 824 处景观遭到严重破坏，1662 家景区停业关闭，5457 处旅游景区供水设施、6000余处电力设施、500 余公里的电力线路等基础设施遭到破坏。

南方罕见的灾情，引起了中央领导的高度重视……

二、 中央关注

- 胡锦涛指出："要全力开展抗灾救灾，坚决打好这场抗灾救灾的硬仗。"

- 交通部部长李盛霖指出："我们一定采取更加有力、更加有效的措施，切实做到五个力保。"

胡锦涛主持政治局会议

2008 年 1 月 29 日，中共中央总书记胡锦涛主持召开中共中央政治局会议，专门研究当前雨雪冰冻灾情，部署做好保障群众生产生活工作。

灾难就是国难。这样一场雪上覆冰、冰上加冷的巨大而罕见的灾难，对于中国是一次大考验，它考验着他们的信念、智慧、胆识、情怀，考验着他们的行动。

会议通报了近期我国部分地区出现的罕见低温、雨雪、冰冻极端天气，由于持续时间长，影响范围大，给受灾地区生产生活带来的严重影响。

国务院总理温家宝总结了雪灾发生后，各有关地区和部门紧急行动，团结协作，顽强奋战，克服困难，积极抗灾救灾，为保障群众生产生活和煤电油运工作所做的工作。

温家宝讲话结束后，胡锦涛指出：根据天气预报，未来几天，我国南方大部分地区仍将有雨雪天气，有的地区还有大到暴雪，将给这些地区群众生产生活，特别是交通运输、能源供应等带来严重影响。各有关地区和部门要充分认识灾情的严重性，把抗灾救灾作为当前最紧迫的任务，以对人民群众高度负责的精神，进一步做好思想准备和工作准备，紧紧依靠广大人民群众，全力开展抗灾救灾，坚决打好这场抗灾救灾的硬仗。

胡锦涛还指出：各地区各部门要加强对抗灾救灾的组织领导，强化应急机制，明确工作责任，加强经济运行调节，加强煤电油运工作，加强安全生产，加强舆论宣传引导，加强社会治安。千方百计保证交通运输通畅和电力供应。要克服一切困难，增加煤炭生产，优先保证电煤供应。要切实把群众利益放在第一位，满腔热情地帮助受灾群众排忧解难，急群众之所急，办群众之所需，解群众之所难，保障生活必需品供给，保障油气正常生产和调运，尤其是要安排好受灾地区群众的生产生活，确保广大人民群众过一个欢乐祥和的春节。

胡锦涛最后表示：

　　各地区各部门都要紧急行动起来，牢固树立全国一盘棋的思想，大力发扬一方有难、八方支援的精神，同心同德，团结协作，自觉支援和帮助受灾地区，各级领导干部和广大党员要深入抗灾救灾第一线、充分发挥先锋模范作用，努力把这场灾害造成的损失减少到最低程度，确保人民生命财产安全，确保经济平稳正常运行，确保社会和谐稳定。

在党中央、国务院的部署下，一场空前的抗灾救灾战役打响了。

温家宝赶赴受灾第一线

2008 年 1 月 28 日 20 时 30 分，中共中央政治局常委、国务院总理温家宝在忙碌一天后，又紧急赶往湖南，现场指导抗灾救灾工作。此时，已是夜幕四合、万家灯火了。

自 1 月 13 日以来，湖南省遭受 1954 年以来罕见的雨雪冰冻灾害。

截至 27 日 18 时，全省主要路段滞留车辆 2.5 万台、旅客和司乘人员 6 万人左右。京广线受衡阳白石渡至郴州段电力供应影响，近 50 趟客货列车晚点，长沙车站滞留旅客近 1 万人。一些重要机场关闭。

电力运行十分艰难，全省 220 千伏以上线路 75% 以上严重覆冰，湖南电网已出现分片运行状态。28 日，湖南又降暴雪。

温家宝十分关心湖南的抗灾救灾工作，他要求以最快的速度赶到湖南。因长沙机场关闭，温家宝乘坐的飞机先降落到湖北武汉天河机场，午夜转乘火车于 29 日晨到达长沙。

在飞机和火车这一路上，温家宝不断了解湖南冰雪灾害的最新情况，并与随行的国务院有关部门负责同志详细研究抗击灾害的最佳方案。

温家宝指出，一定要紧急行动起来，进一步采取措施，尽快通电、通车，用最短的时间消除冰雪灾害对群众生产生活造成的影响。

到达长沙后，温家宝一刻也没有停歇，立即召开会议，听取了湖南省委、省政府和国家电网公司负责人的汇报。

温家宝指出，党中央、国务院高度重视湖南遭受的这场雨雪冰冻特大灾害。湖南位置重要，处于京广线的枢纽地带，贯通南北，连接东西，交通运输和电力发生问题，会影响和波及全国其他地区。国务院决定组成应急工作组，集中力量解决湖南的抗冰救灾问题。

温家宝强调，面对这场灾害，要加强领导、统一指挥、全面部署、科学调度、协调配合，保障煤电油运供应，做到确保人民群众生命安全，确保经济、社会平稳运行，确保人民群众过上一个祥和的春节。

温家宝说，目前要重点解决好以下四个问题：

一是抢修遭受损坏的输电设备，保障电网正常运行；

二是加快公路除冰除障进度，尽快恢复铁路输电，尽早疏通京广线铁路、京珠线公路大动脉，保证南北通道畅通；

三是解决煤源供应和运输问题。要积极组织生产，加强安全管理，确保煤炭生产安全，确保煤炭供应，畅通煤炭运输的交通要道。对高耗能的企业要严格限制用电，用电极为紧张的地区要坚决停止用电；

四是要保持社会正常秩序，维护社会稳定。今年冰雪灾害和春节碰头，给春运带来的困难更大。要安排好群众生活，对堵塞在路途上的乘客司机，要保障他们能够喝上水、吃上饭、不受冻，有病能就医。春节快到了，要做好市场供应，稳定市场物价。

温家宝还代表党中央、国务院对奋战在抗灾救灾第一线的湖南省广大干部、职工、群众、解放军指战员和武警官兵表示亲切的慰问和感谢。

温家宝说：

湖南省委、省政府带领全省人民迎难而上，克服了种种困难，在抗击灾害的斗争中涌现了一批可歌可泣的先进人物。目前灾情还在继续发展，我们要做好应对最困难局面的准备，组织各方面的力量，用最短的时间基本解决湖南的灾害问题。我们有这个信心，也有这个能力。

随后，温家宝来到湖南电力公司调度控制中心，详细询问雪灾造成的损坏情况，听取电力公司负责人的汇报。在罕见的灾害面前，湖南电力系统 3.5 万名职工尽力维护电力设施，经过抢修，部分中断线路开始恢复。

温家宝说：

电力安全事关经济全局。要做最坏的打算，制订最详细的预案。眼下要尽快抢修损毁电网。希望你们动员好、部署好、组织好，确保电网正常运行和职工的生命安全。

湖南送变电建设公司的周景华、罗长明、罗海文 3 名电力职工在长沙县沙坪变电站除冰抢险中不幸殉职，为确保国家电网安全献出了宝贵生命。温家宝看望了 3 位烈士的家属。

失去亲人的伤痛和对总理关怀的感激之情交织在一起，烈士家属个个热泪盈眶。

烈士罗长明的妻子是个聋哑人，家里还有个几岁大的小孩子。温家宝拉着她的手问长问短，嘱咐她一定要把孩子抚养好、教育好。虽然她无法用语言来和总理交流，但满眼的热泪表达了她内心的感激之情。

温家宝勉励烈士家属：

希望你们更好地生活，把本职工作做好，把老人安抚好，把子女教育好。

温家宝还来到长沙火车站看望滞留车站的乘客。走进候车大厅，温总理向候车乘客挥手致意。

看见总理来了，大家喜出望外，顿时掌声雷动。打算从长沙返回贵州的乘客蔡志祝已在候车室待了3天。温家宝拉着她的手嘘寒问暖。

为了保证滞留旅客的生活不受影响，长沙车站设立了救助站，免费发放食品、饮用水。温家宝走进这里，看到各种食品饮料琳琅满目，十分欣慰。

面对滞留车站的群众，温家宝动情地说：

春节快到了，我给大家拜个早年。你们被困在火车站无法按时赶回家过年，我表示深深的歉意。现在我们正在想尽一切办法抢修，一定把大家送回家过春节。

温家宝的话音未落，大厅里爆发出一片热烈的掌声。

29日下午，温家宝沿着京珠高速公路，来到湖南湘潭市，踩着10多厘米厚的积雪在野外查看电力设施受损情况。

雪灾使这里10座500千伏高压输送线路塔杆倒塌，电线散乱地搭在山头上。

温家宝向当地电力部门负责同志详细询问了线路抢修情况，并要求他们尽快修复毁损的电力设施。

温家宝还看望了在京珠高速公路湘潭段除冰铲雪的

路政部门职工，勉励他们再接再厉努力奋战，早日把南北通道打通。

紧接着，温家宝又来到湘潭职业技术学院，看望了安置在这里的 500 多名受困群众。

12 岁小女孩苏杰和 70 多岁的奶奶一起受困好几天，她们是从湖北赶往广东和亲人团聚过年的。看到总理来了，小苏杰喜极而泣，拉着总理的手依依不舍。

被安置的群众说，在车上又冻又饿，小孩哭哭闹闹，这里的情况就好多了。

温家宝临别时告诉大家要耐心等待，政府正在组织力量疏通道路，保证让大家早日回家。

温家宝离开湘潭职业技术学院又来到京珠高速公路湘潭段。此时，南下广东的车辆排着几十公里的长龙。

温家宝对大家说：

> 冰雪封路，无法通行，我们心里很惦记你们，大家要保重身体。清障铲冰的工作正在紧张进行，很快就可以通行，大家就可以到达自己的目的地，可以尽早回家。

他还亲自登上一台从湖南龙山县开往广州去的客车，慰问被困乘客。

温家宝所到之处，大家都很受鼓舞，懊丧、苦闷心情一扫而光，战胜困难的热情高涨，掌声和笑声响成一片。

人们从温总理的这句话中感到了巨大的力量，也感到了中国未来的希望。

交通部力保道路畅通

2008年1月27日，中国交通部召开电视电话会议。交通部部长李盛霖在电视电话会议上发表讲话。他说：

近一个时期，全国出现了大面积降温和雨雪天气，给交通运输和人民群众生产生活带来了很大的影响。今年的春运一是客流量大，而且时段集中，预计公路客运量将达到21.5亿人次，同比增长5%。二是气候异常给公路交通带来不利影响。三是保重点物资运输，保市场供应任务重，主要是煤炭、粮食以及蔬菜等农副产品需求量大，运力的组织调配、货物发送任务较重。

李盛霖指出：

我们一定按照这次国务院电视电话会议的精神和温家宝总理讲话提出的要求，采取更加有力、更加有效的措施，切实做到五个力保：

一是力保交通道路航道畅通。各地交通部门要在当地党委政府的统一领导下加强救援工作，确保受阻人员有饭吃，有水喝，不受冻。

二是力保重点交通物资运输。当前首先保证电煤的专线运输，暂停外贸煤炭运输，必要时调回国际煤电市场的运力参与电煤运输。

三是力保绿色通道畅通。在1月26日至2月5日之间，对在全国"五纵二横""绿色通道"上通行的整车装载的农产品车辆一律免交道路交通费。

四是力保运输安全，确保旅客安全回家团聚。

五是力保运价稳定，把交通价格稳定的工作落到实处。

李盛霖最后强调：

全国交通系统一定要力保交通道路航道畅通、力保重点交通物资运输、力保绿色通道畅通、力保运输安全、力保运价稳定，以圆满完成今年春运的各项任务。

1月28日，交通部进行紧急部署，要求各地交通部门24小时加强路网控制。在高速公路、重要干线公路、城市出入口等主要路段实施24小时不间断监控和巡查。

同时，交通部还要求各地具体搞好以下几个方面的工作：

一是及时发布路况信息。充分利用电视、广播等媒体和公路沿线可变信息板，24 小时滚动发布公路气象以及路况信息，引导群众及时调整出行计划。

二是保持省际、市际路网信息联动机制。在公路气象预警和路段封闭开通工作中，争取地方政府支持，积极配合公安交警部门科学实施路段交通控制。

三是加强雨雪天气提前应对措施。高速公路和国省道干线沿途各站、点、服务区都要备足除雪装备、防滑设施以及融雪物料，一旦发生因雨雪天气造成公路运输中断和重大拥堵状况时，立即启动应急预案。

四是实行公路全线监控，确保因雨雪滞留的司乘人员的安全和基本生活需求。这次受影响的交通部门要在主要站、点、路段服务区至少备足 15 天的食品、饮用水、御寒衣物等。

此外，交通部还要求在做好春运的同时，做好国家重点物资和节日生活物资运输工作，以确保人们过好一个祥和、平安的春节。

公安部加强交通疏导

2008 年 1 月 28 日，南方雨雪灾害发生后，公安部立即成立抗击雨雪灾害信息协调小组，并紧急部署各地公安机关启动恶劣天气交通管理工作预案，全力保障高速公路，主要国道、省道的安全畅通，并积极为拥堵路段受困群众提供服务。

公安部要求各地公安交管部门加强指挥疏导，在能够通行的情况下，尽量引导车辆在降雪、结冰路段安全通行。对不具备通行条件的道路，交管部门要协调交通、路政等部门采取撒沙、撒盐、垫草、铲冰等融雪除冰措施进行疏通。

对出现车辆滞留情况的，公安部要求各地交通管理部门为受困群众提供救助，解决他们的食品、饮水供应，建立医疗救助绿色通道，为生病群众和事故受伤人员提供及时的医疗救治服务。

同时，公安部还要求交管部门利用报纸、电视、电台、电子信息屏、网络和手机等媒体，及时向有关地区的公众发布出行信息和安全提示，以指导社会车辆安全出行。

除此之外，为确保冰雪灾害期间的交通畅通，在 1 月 21 日和 26 日，公安部先后两次下发紧急通知，部署各地公安机关认真落实中央领导同志批示和国务院紧急会议精神，迅速启动恶劣天气交通管理等有关工作预案，全力抓好雨雪天气下交通安全和治安消防工作。

公安部交通、治安、消防等有关业务局针对本警种的特点，也及时下发通知，提出具体工作要求。

1月28日，公安部常务副部长白景富按照正在广东检查工作的孟建柱部长的要求，连夜召开视频会议，听取湖北、湖南、广东、贵州、安徽、江西、广西七省区公安机关工作汇报，研究部署省际道路交通疏导工作。白景富要求各级公安机关把确保道路交通安全畅通、确保人民群众生命财产安全作为当前首要任务，全警动员、全力以赴，各项工作都要服务于这项任务。

公安部还及时启动"抗击雨雪灾害信息协调机制"，负责跨省区协调工作，每天10时在公安部指挥中心召开十省区疏通公路交通调度会。同时，每天在公安部指挥中心召开新闻发布会，向媒体集中发布最新道路交通情况。公安部指挥中心每天及时收集掌握铁路、交通、民航和各受灾地区的灾情、道路交通情况、工作措施，并对各地加强协调、指挥。

公安部迅速派出12个督导组赶赴受灾较重的地方，现场进行指挥、协调、调度，重点加强对省际间高速公路和国道、省道交通的指挥协调疏导工作。督导组切实加强同交通、民政、路政等部门的配合，加大融雪除冰力度，确保不发生重特大交通事故，确保不发生严重道路拥堵，确保春运安全畅通。

为鼓舞士气，公安部及时向各地发出慰问电，传达党中央、国务院对广大公安民警、武警官兵的关怀和慰问。要求各级领导机关干部都要深入一线，做好慰问、宣传、鼓舞工作，对表现突出的入党积极分子，要及时推荐入党；对表现优秀的要及时给予表彰、奖励。

公安部交管局副局长王金彪在布置工作的同时，还不忘向广大司机发出雨雪天气行车四点提示：

一是冰雪路面条件下，摩擦系数比正常情况下降低 4 倍，司机在驾驶时需做到"四缓"，即缓起步、缓转向、缓制动，还要把心态放缓。

二是出车前要检查车辆状况，问题车辆不出车。检查的重点可放在制动系统和轮胎上，要准备必要的防滑用品，如木屑、防滑链等。

三是要保持低速安全行驶，雪天冰面行车速度应保持在每小时 30 公里以内。

四是要遵守交通安全法规，遵守交警指挥，遵守交通秩序，按顺序行驶，不超车。

王金彪还特别提醒在高速路上行驶的车辆一定不要占用紧急通道，使其在紧急情况下能够发挥保障生命的作用。

1 月 30 日，公安部又召开紧急会议，部署实施六项措施，以保证在当天 18 时前打通京珠高速，确保道路安全畅通。这六项措施是：

一、各地公安交通管理部门要加大跨省调度力度，开辟可通行道路，让被拥堵在高速的车辆尽快下道绕行。

二、湖南、广东要继续向广西方面疏通被堵车辆。

三、组织外省车辆出省，要求本省车辆下高速另辟道路。

四、民警要组织人员就近做好道路清冰、清路工作。

五、解决好被堵在路上的司乘人员饮水和食物以及保暖问题，防止群众冻伤。

六、各级公安机关领导要前往一线指挥，组织、调整民警交接班。

随后，公安部紧急划拨了 460 万元救灾经费，重点补助贵州、安徽、湖南等七省公安机关相关装备的配置，并向 16 个省（区、市）消防总队调拨了 1000 万元的物资补助。

民政部财政部下拨救灾资金

2008 年 1 月 21 日至 27 日，针对湖北、湖南、贵州、广西、安徽五省份灾情，国家减灾委、民政部、财政部根据《国家自然灾害救助应急预案》，先后启动 5 次国家四级救灾响应，在中国民用航空局、铁道部等部门大力支持下，派出工作组于第一时间赶赴灾区，协助地方党委、政府开展抗灾救灾工作。

1 月 22 日，民政部及时会同财政部下拨中央救灾应急资金 17.5 亿元。

1 月 25 日，面对湖北、湖南两省不断扩大的灾情，民政部又会同财政部向这两省各安排 1400 万元中央救灾应急资金，解决受灾群众的生活困难。

28 日下午，国家减灾委办公室召集民政部、财政部、铁道部等有关部门紧急会商，分析当前雨雪冰冻灾害形势，研究下一步采取的措施。

会议认为，要把人民群众的生命安全放在首位，进一步加强灾害天气的监测预警，切实做好雨雪冰冻灾害的救灾工作；积极组织抢修力量，尽快恢复供电，保障电网特别是主网安全运行，以使受灾群众正常地进行生产和生活。

另外，要积极组织力量，抢修中断公路和铁路，尽早恢复陆路交通，以保障人员、物资和电煤的运输。

在航空运输方面，要毫不动摇地把飞行安全放在首位，严格执行安全标准，坚决落实好保证安全的各项规章制度。

1月29日，民政部发出紧急通知，要求各地要严格按照《自然灾害统计制度》要求，认真做好雪灾和低温冷冻灾害灾情的统计、核查和报告工作，及时汇总上报救灾工作进展情况。

通知强调，各级民政部门要以对党和人民高度负责的精神，高度重视和认真解决雨雪和低温冷冻灾害给群众生产生活造成的困难，切实强化领导，全面落实责任，迅速采取有力措施，利用各方面救灾资源，不惜一切代价，确保受灾群众不受冻、不挨饿。

1月29日，财政部专门召开会议，部署进一步支持做好抗灾减灾工作：

财政部部长谢旭人在会议上表示，财政部门将坚决落实党中央、国务院的要求，把支持做好抗灾救灾工作作为当前财政工作的一项紧急而重大的任务，在前一阶段已经采取相关政策措施的基础上，进一步加大应急救助力度。

谢旭人指出，下一步将采取四大措施支持抗灾减灾工作：

一是要及时跟踪灾情最新进展情况，把财

政应对措施考虑得更加细致周全一些，急事急办、特事特办，进一步加大对受灾地区的支持力度，确保各项救灾资金及时安排拨付到位。

二是要切实加强与民政、铁路、交通、电力、民航、农业等有关部门的协调配合，保证受灾群众不挨饿、不受冻，尽快恢复交通、供电、供水和农业生产。

三是要加强资金监管，充分发挥财政资金使用效益。

四是要积极筹措资金，帮助五保户、低保对象、优抚对象等困难群众解决基本生活问题，并督促地方将企业基本养老金调标资金在春节前发放到退休职工手中，确保困难群众过好春节。

抗灾减灾会议之后，民政部、财政部继续紧急下拨9800万元中央救灾应急资金，用于安排解决安徽、江西、广西、贵州四省（区）受灾群众生活。

至此，民政部、财政部已经向遭受严重雪灾的6个省（区）下拨救灾资金1.26亿元。

农业部派出专家组指导救灾

2008 年 1 至 2 月的雪灾，使我国的农作物受灾面积达 1.78 亿亩，其中成灾 8000 多万亩，绝收 2000 多万亩。

农作物里受灾比较重的是油菜、蔬菜、柑橘。油菜受灾面积占秋冬播油菜总面积的 40% 多；蔬菜受灾面积占秋冬种蔬菜总面积的 30% 多。另外，柑橘也受灾严重。

畜禽和渔业方面受灾比较重，这主要表现为因灾冻死一部分畜禽，特别是崽猪和雏鸡。据统计，南方各省因灾死亡的畜禽达 6900 多万头（只），畜禽的一些圈舍也垮塌损毁。渔业方面，南方 13 个省水产养殖业受灾面积 1400 多万亩，水产养殖的温室大棚垮塌得比较严重。

此次低温雨雪天气过程发生范围广、降温幅度大、持续时间长，油菜、蔬菜、小麦、柑橘、茶叶等农作物冻害严重。

截至 1 月 29 日上午，湖南、贵州、江西、湖北、重庆、山东、广西、四川、安徽、陕西、甘肃、河南、江苏、浙江、云南、上海 16 个省（区、市）因低温冻害作物受灾 1.03 亿亩，其中成灾 5301 万亩，绝收 1103 万亩。

针对上述情况，1 月 29 日，农业部向灾情较重的湖南、贵州、江西、湖北、安徽、陕西、河南、江苏等省派出 8 个专家指导组，就地开展灾情核查和救灾指导工作，指导当地尽快恢复发展冬季农业生产，确保农产品有效供应。

此次专家指导组由 8 个省的农业部专家组成，主要任务是与地方农业部门一起，分区域、分作物研究提出防寒抗冻和灾后恢复生产的指导意见；利用广播、电视等媒体，开展专题讲座和技术培训；指导灾区农民加固和修复毁损的大棚等农田设施，除雪除冰，清沟排水，补种改种短季速生蔬菜，发展营养土（液）快速育苗。

农业部在派出专家指导组后，又召开紧急会议，专题研究部署进一步加强抗灾救灾和灾后生产恢复工作。要求各级农业部门认清形势，强化责任，把抗灾救灾作为当前最紧迫的任务，集中主要力量，做好灾情调度，加大抗灾救灾工作力度，把困难考虑得更重一些，把措施准备得更实一些，狠抓各项措施落实。

三、 抗冰救灾

● 郴州军分区政委魏永景立即向上级机关建议："一定要让被困群众吃上热饭、喝上热水！"

● 俞树明率先挽起衣袖，甩开膀子，挥锹除雪。激战3小时，官兵们终于抢在市民上班前将这条杭城交通命脉完全打通。

● 长宁县万岭镇楠竹经营所所长王启荣对职工们说："走，我们钩竹梢去。"

地方领导带头奋战一线

2008 年 1 月上旬，一场持续多天的低温、雨雪、冰冻天气，彻底"冻住"了中国南北交通大动脉——京珠高速公路。2 万多台车辆、5 万多名群众，滞留在郴州段的百余公里冰雪路上。

郴州市委召开紧急会议，部署抗冰救灾工作。

郴州地处南岭山脉与罗霄山脉交错、长江水系和珠江水系分流的地带，2002 年 7 月曾遭受特大洪灾，2006 年 7 月接连两次遭受特大洪灾，2007 年 8 月受台风"圣帕"影响，暴发"8·19"特大洪灾。

冰雪罕见的郴州，在这个冬天，竟又遭受特大冰冻雨雪的袭击。

中共郴州市委常委、郴州军分区政委魏永景主动请缨，担任京珠高速公路北上线破冰攻坚战斗的总指挥。

在京珠高速公路郴州段双向堵死，南下线出口已经关闭、短时间内不可能打通的情况下，市委决定，先集中兵力打通后续车辆较少的北上线，开辟一条抢险救援通道，让炊事车、医疗车、加油车、修理车和牵引车深入中心区域，为打通南下线创造条件。

魏永景紧急动员京珠沿线干部群众，按辖区分段包干破冰除雪；全区民兵应急分队就近配属给京珠沿线人武部，与驻郴部队、武警官兵一道，重点负责坡路、匝道、桥梁等关键地段的破冰任务。

接着，魏永景又从市区调用3台大铲车清除桥梁上的冰雪，并通知交警将事故车辆拖到附近高速路服务区……

在魏永景有条不紊的指挥调度下，经过数千名军民两天两夜的紧张奋战，1月28日17时，北上线全线贯通。

1月29日上午，魏永景又被郴州市委、市政府委以打通南下线战斗总指挥的重任。

此时，南下线三车道全线堵死。魏永景经过认真勘察，决定首先在境内良田、永兴、马田高速出口打开三个出口，将部分滞留车辆临时分流至107国道。

连日的雨雪低温，使得路面冰层厚达几十厘米，人工破冰十分困难。魏永景从市里调来20多台推土机，采取每台推土机配属15至20名官兵协同作业的办法，加快破冰进度。

1月30日上午，出口被成功打开，3000多台车辆被有序分流到107国道……

正在这个时候，考验再次来临：从2月1日9时多开始，已经减弱的风雪又演变成雨夹雪，路面上的积雪冰冻很快增加了10多厘米，南下线车辆滞留更加严重。

为了增加人手，魏永景一个接一个地给有关部门打电话，希望能尽快组织人员奔赴救灾一线。为了保证

"救援通道"的绝对畅通，他不惜下了死命令，禁止任何车辆以任何理由逆行。

作为破冰部队总协调人，魏永景采取"重点用兵，各个击破"的战术，迅速将参战部队及机械合理部署到"瓶颈"路段。

经过近 10 个小时的合力攻坚，2 月 3 日 23 时，京珠高速湖南段提前一个小时实现了南北双向全线贯通。

魏永景每次部署完任务后，他都会顺手拿起一把铁锹，和大家一起铲冰除雪。

1 月 27 日，雪一直在下，京珠高速公路上寒风呼啸，冰硬如铁，铁锹所到之处，冰屑四溅，震得手臂生疼。

这是打通北上线的关键时刻。一个小时过去了，魏永景手上的血泡起了又破，破了又起，虎口渗出斑斑血迹。

两个小时过去了，魏永景的衣服、帽子上结起了厚厚的冰凌。

官兵们看不下去了，硬是夺走他手中的铁锹。有个战士说："让你这个领导人物，和我们这些 20 多岁的小伙子一起拼命干活，这不太好吧？"

魏永景直起腰，向手心吐了口唾沫，更加用力地挥动铁锹，说："这个时候还分年龄？我身体好着呢，哪能让你们年轻人把我看扁了。"

年过半百的市委领导在风雪中挥锹除冰，这一幕，让一些在驾驶室里焦急等待的司机们坐不住了，不知是谁先跳下车，紧接着，两个、三个……越来越多的司机和乘客纷纷加入破冰队伍中。

1月28日傍晚，魏永景在一个坡道上铲冰时，突然仰面滑倒，鲜血从后脑勺流了下来。他只进行了简单止血，还没来得及包扎，又捡起了铁锹。大家让他去医院包扎一下，他说："天儿冷，血凝得快，没事。"

1月29日上午，难得雪后放晴，魏永景正低头铲冰，一辆打滑的汽车前轮压住了他的铁锹，失去控制的铁锹把柄弹起来重重打在他的胳膊上，一道淤青，好多天未消。

因为在风雪中奔波多日，魏永景患上了感冒，他全身发抖，脸色苍白。

大家赶紧从指挥车后座拿出棉被把他紧紧包裹起来，送到了市人民医院。医生诊断：过度劳累、重度感冒引起支气管毛细血管破裂。

1月31日一大早，经过输液治疗，病情稍有好转的魏永景又从医院跑出来，回到京珠高速指挥一线……

多日来，滞留在路上的司乘人员都记住了这位手里时时都握着一把铁锹的市委领导。

为了稳定受困群众的情绪，魏永景每天都要专门抽出时间带两名干事顶风冒雪逐车巡查，给司机和乘客送去食品、矿泉水和衣被，了解群众的所需所急，耐心做解释工作。

魏永景的指挥车里必备四样东西：铁锹、药箱、水和干粮。他走到哪里，就把东西发到哪里。

一天深夜，气温陡然下降到零下3度。魏永景看到一个被困的大卡车司机衣裳单薄，冻得直打哆嗦，就脱下大衣披在他身上。这个司机穿上带着体温的大衣，眼眶里噙着热泪，激动地说："有你们在，我们一定能够挺过难关！"

随着滞留时间的延长，一些被困群众特别是老人小孩，由于长时间吃干粮、喝凉水，身体很快出现不适，不少人严重便秘，几天拉不出大便。

"一定要让被困群众吃上热饭、喝上热水！"魏永景立即向上级机关建议，征调野战炊事车在高速公路上开设救助站，为受困群众提供热食热水。

2月1日，从某预备役师、某预备役后勤保障旅调来的6台野战炊事车，分别在良田服务区、宜章县小塘收费站等京珠高速沿线展开，每天为受困群众提供热饭3万多份。

头一天开饭的时候，山东诸城司机王清跳上一个雪堆，念了一首顺口溜：

冰封雪冻受磨难，司机乘客愁断肠，送衣送水送热饭，多谢解放军来相帮！

随后，他带领大家振臂高呼：

共产党万岁！

解放军万岁！

一些山区群众被冰雪封冻后，生活难以为继。魏永景和军分区党委一班人指挥所属人武部，组织30多支民兵"献爱心、送温暖"小分队，跋山涉水，每天为被困群众运送食品、矿泉水、药品和衣被，使辖区群众没有一人因冰雪灾害而饿死、冻死、病死，创造了大灾之时无大难的奇迹，赢得地方领导和人民群众的交口称赞。

2月3日23时，京珠高速郴州段提前一小时实现了南北双向全线贯通，瘫痪了9天的南北交通大动脉终于恢复了往日的生机。被困多日的司机和乘客纷纷鸣着喇叭，向魏永景和他所指挥的破冰大军挥手致谢，许多旅客热泪盈眶。

从1月26日到2月4日，魏永景在这条冰雪路上坚守了10个昼夜。53岁的他整整瘦了2.5公斤。

2月4日上午，省委书记张春贤在陪同解放军副总参谋长马晓天视察通车情况时，握着魏永景的手，称赞他："措施得力，指挥有序，你为打通京珠高速立了头功！"

2月5日，作为抗冰救灾部队代表，魏永景参加了湖南省委宣传部举办的"爱心融冰"赈灾电视晚会。晚会结束时已是凌晨1时50分，他顾不上看一眼在长沙家中的母亲和妻子，就连夜赶回了郴州。

2月6日，从郴州市苏仙区白露塘镇走访慰问回来，魏永景又赶到许家镇何家村，和部队官兵一起抢修电网。

山谷中的小路正处于风口，地上的泥水和着雨雪滑溜难行，魏永景和战士们一起背器材、抬电杆、扛水泥，直到19时多，他才和战士们一起去吃年夜饭。

大家拖着疲惫的身躯走到一个小山窝，洁白的雪地上摆着一排排盒饭，映出冷冷亮光的白米饭已被冻硬，一丝丝肉末和白菜也已冻在一起。望着四周农家飘动的炊烟，听着时时响起的鞭炮声，魏永景端起饭碗说：

"同志们，我50来岁了，砍过柴，下过乡，打过仗，可还是第一次在雪地里吃年夜饭。来，我们一起在雪地里过个除夕，吃个年夜饭，很有意义嘛，这辈子也难忘。"

就这样，魏永景和战士们在山窝里迎来了新的一年。初一、初二、初三……一直等到初六，魏永景才拖着疲惫的身子回到家里。

和家人吃过团圆饭后，2月13日一大早，魏永景又迎着晨曦，率领抢修电网的队伍，走进了郴州南岭的莽莽群山。

在这个冰灾之年，还有一个名叫李彬的基层干部像魏永景一样战斗在抗灾一线，他用生命和热血谱写了一曲抗冰救灾的英雄壮歌。

李彬是贵州开阳县永温乡纪委书记，他于1995年参加工作，1998年7月加入中国共产党，先后在冯三镇、花梨乡、县政法委、永温乡等乡镇和部门工作。

2008 年 1 月上旬，贵州省开阳县气温连续 20 多天持续在零下 4 度以下，地面结冰 40 毫米以上，交通、供电、供水、通讯一度中断，人民群众生产生活受到严重影响，住在山区的群众更是面临着挨饿受冻的困境。

面对这种情况，贵阳市委、市政府，开阳县委、县政府果断决策，下发了"三不""六有""三保"的命令。

"三不"即是不饿死一个人、不冻死一个人、不在安全上死一个人；"六有"即是确保人民群众有饭吃、有水喝、有衣穿、有房住、有火烤、有病能治；"三保"即是保民生、保稳定、保安全。

命令发出后，党员干部迅速行动起来，深入基层，铲冰扫雪，为群众送衣送药，奋战到"抗凝冻、保民生"的第一线。

作为永温乡党委委员、纪委书记的李彬就是在这种情况下接到任务的，从 1 月 16 日全乡停电第二天到 2 月 6 日，他毫不犹豫地选择了战斗，坚守在抗战的最前线。

1 月 16 日，李彬担心因凝冻停电影响安大村群众生活，便去安大村慰问老党员吴登荣。

当来到高金公路老堡关处时，因凝冻太大不能驾车前行，他便步行到吴登荣家，途经村福利院时，责任心很强的李彬又进去看望老人们，并吩咐在场的乡村干部要及时为老人们准备些生活用品。

从福利院出来，李彬在凝冻路面上艰难行走了 2 个多小时才抵达吴登荣家，得知他家有沼气灯照明，燃煤准备较充足后才放心离去。

在另一户村民杨发先家中，李彬发现瘫痪在床的杨发先铺盖单薄，他立即叫上村干部给老人送去一床新棉被。20时，他回到乡政府，稍微休息后，随即参加乡救灾调度会。

第二天，李彬又去福利院看望孤寡老人，了解了老人们的受灾情况后，随即带着乡社会事务办职工和村委会工作人员给福利院送去了 400 公斤大米、1000 元钱的猪肉及越冬的棉被、煤炭、衣物等物品。

1 月 20 日，李彬与乡长到永温街调查市场上生活用品的供应和价格情况。

26 日上午，李彬带领职工到高金公路上除雪。在冰天雪地里，他浑身冰水泥浆，手上、脸上多处红肿，双脚已被雪水和工业盐水浸湿，许多职工看着平时身体并不太好的他心都酸了。

下午，李彬负责运送一批物资到几个村，车被阻在半路，他和同事一道肩挑背驮把物资送到村民家中。

2 月 4 日，李彬同坤建村委会主任丁志伦去哨上组慰问困难党员晏光明。当他在车上听到坤建村马路组 8 岁的孤儿李茂端孤苦一人过春节的情况后，马上组织工作人员为李茂端送去米、油和一些衣物。

5 日，除夕前一天，因天寒地冻，李彬又徒步 6 个多小时走了 15 公里到安大村蚂蟥箐组郑州德家中慰问，并调查受灾情况。

自抗灾工作开展以来，李彬已经 20 多天没见到自己的妻子和女儿了。他的妻子在县残联工作，也忙着抗灾，5 岁的女儿只好寄养在亲戚家里。李彬忙得连换洗的衣服都是请驾驶员帮自己回家取来的。

由于他把满腔赤诚倾注在抗灾一线，马不停蹄、日夜奔忙地工作，在抗灾一线时，他曾多次出现头晕。

2 月 6 日是大年三十、万家团圆的日子，这一天，为了搞好抗灾工作，持续 26 天辛苦劳累的李彬仍没让自己闲下来。

早上，李彬吃了一碗甜酒粑后，组织乡干部照例召开碰头会，布置当天的工作。

李彬今天的工作是与几名同事一起去他包村的安大村，为几名困难群众送慰问信和蜡烛、米、油等救灾物资。

安大村是永温乡最偏远、海拔最高的山村，那里的受灾情况也非常严重。

他们装运救灾物资的车子刚开出不久，就因路面结冰无法前进，只好下车步行。

李彬等人踏冰步行两个多小时到达安大村村民朱廷学、皮林海等群众家中，为他们送去市、县两级党委、政府给他们的慰问信及蜡烛、米、油等赈灾物资。

接着，李彬等又来到该村上小河组贫困户李绍武家。

李彬看到李绍武家比较困难，马上就从自己身上掏出100元钱送给李绍武说："拿着，买点年货。"

李绍武有些犹豫，他知道这是李彬自己的钱，想要推辞，但看到书记一脸的决心，只好感动地说："太感谢了，李书记，大过年的，你们都没有回家，还在走村串户，给我们送来这么多东西……"

当天16时，李彬从安大村回到乡政府，还没有歇口气，便又得知坤建村村民丁志强家买来一台柴油发电机，但因为柴油用完了派不上用场。

事不宜迟！李彬急忙找到乡党委书记主动请缨，赶回乡里装上75公斤柴油亲自送到丁志强家附近的公路边，然后踩着积雪与驾驶员一起抬着柴油送到了丁志强家。

柴油送到了，村民们的脸上露出了欣喜的笑容。

当晚，坤建村村民不仅解决了打米问题，而且附近的20多位村民在丁志强家还看到了春节联欢晚会。

19时左右，李彬回到乡政府。

此时，街上的爆竹声不时响起，年味越来越浓，李彬这才想起给妻子杨春秀打了个电话。

他在电话中告诉妻子说，乡里要加班，不能回家陪她和孩子过除夕了，只有等到凝冻结束后，他会给他们补过一个年。

李彬打完电话，又赶忙到乡各站所查看救灾物资发放、职工在岗等情况。

20时许，李彬重新回到办公室。永温乡党委书记许忠看见一脸疲惫、头发和胡子上结满冰碴子的李彬，便对他说："李书记呀，这段时间你一直都没回家，你父亲病了这么久，现在全乡家家户户都吃年夜饭，我们可以暂时宽心了，你该去尽尽孝道，看看老人。"

李彬坚决不同意，他说："不行，不行，这时候我怎么能走呢？"

许忠再三劝说，最后不得不下命令："再不休息，铁人也吃不消，赶快回家过年吧，这里有我们，你放心。"

李彬只好答应，边上车还边说："你们等着我吃年夜饭啊，我去去就回来。"

在回家看望父亲的途中，李彬对驾驶员说自己的头有点晕、不舒服，但他还是坚持回到家中。

晚上 9 时 30 分，李彬踏进家门。

年夜饭余温尚存，李彬吃了当天的第二顿饭，此时距第一顿饭已经超过 12 个小时了。

然而，李彬一碗饭吃下去没多久，就全吐了出来。二哥李朝林见状，连忙送他去医院。

车上，神志不清的李彬嘟哝着："我要回永温，回乡里值班。"

十几分钟后，李彬被送到了县医院，检查结果出乎意料，34 岁的他居然突发脑溢血，出血量多达 63 毫升，生命垂危，县医院立即给他做了开颅手术。

他的主治医生诊断："李彬的病情属于'高血压性脑出血'，像他这样的情况很少见，事前不可能没有明显病兆，这种病在很大程度上是由于工作时间长或过度疲劳引发的。"

2月7日18时左右，在市、县领导的安排下，李彬被转入贵阳金阳医院抢救。

当得知李彬因劳累病倒的情况后，永温乡许多群众十分揪心，大家默默为他祈祷，市、县领导要求医院不惜一切代价，全力抢救！

然而，人们的祈祷和祝福没有喊醒过度劳累的李彬，2月10日晚，李彬的心脏停止了跳动。翌日上午，李彬的遗体被运往开阳县祥云山殡仪馆。

护卫李彬灵枢的车辆缓缓驶出贵开路开阳收费站，从县城自发而来的数十辆出租车已早早停靠在公路边，凛冽的寒风中，司机们按响了汽笛，空谷传响，哀转不绝，挂在车头的白花震颤成飘飞的雪花，模糊了人们的视野，瞬间定格了永恒的记忆。

灵车驶上东兴大街，迎接李彬的车辆汇成了缓缓流淌的长河，伫立在街道两旁熟悉的、陌生的面孔，认识的、不认识的人群，挥动着手中的白花，拉起青色的挽幛，深切地呼唤："李书记，一路走好！"

市民来了、农民来了、公安人员来了、武警战士来了……人们泣不成声，沉痛哀悼。

灵车慢慢地行进在东兴大街上，武警战士、公安干警向英雄庄严敬礼，三里长的开州大道，群情悲恸。

2月13日，中共中央政治局常委、中央纪委书记贺国强，中共中央书记处书记、中央纪委副书记何勇在得知李彬同志事迹后，代表中央纪委对李彬同志的去世表示深切哀悼，对李彬同志的家属表示亲切慰问。

中共中央政治局委员、中央书记处书记、中央组织部部长李源潮在得知李彬同志的先进事迹后，作出批示：

请转达中组部对李彬同志崇高的敬意，请向李彬同志的亲属表示亲切慰问。

抗冰救灾

电力行业组织抗灾自救

1月26日，长沙电力行业的3个年轻职工在与风雪的抗争中，为了除去变电站高压电线上的积冰，献出了他们宝贵的生命。

国务院总理温家宝听说他们的感人事迹后，在百忙中来到长沙看望他们的家属。这位66岁的老人，在3个电力工人的遗像前长久地默哀，长久地无言，长久地沉浸在生命离去的悲恸中。然后，他的手与另一个老人的手紧紧地握在一起，很久都不松开。

温家宝用颤抖的声音说：

你们要保重，节哀，好好活着。3位烈士都是人民的好儿子，他们是为抢修电网而牺牲的，为人民的利益而牺牲的。我就希望你们能更好地生活，继承他们的遗志，把自己的本职工作做好，把家庭安排好，把子女教育好。湖南电网战线的职工忘不了他们，湖南全体人民也忘不了他们，全国人民也忘不了他们……

温家宝含着热泪动情地说：

今天面对你们，我无法用更多的语言来表示安慰，我给你们鞠个躬吧！

　　总理的热泪使 3 位烈士的亲属感动不已，他们的眼前又演电影似的回旋着他们的儿子、她们的丈夫英勇献身时的一幕幕情景。

　　1 月中旬，黔、湘、鄂、赣、皖、苏、浙等省遭遇50 年一遇的冰灾。湖南有 6000 多公里 220 千伏及以上输电线路首当其冲，电网严重覆冰，电力供应形势变得异常严峻。

　　截至 25 日晚，湖南有 6000 多公里 220 千伏及以上线路出现严重覆冰，导致这一路段高压线路跳闸，变电站停运，大型高压线铁塔坍塌。湖南电网随时都有全部停运的危险。

　　保住电力供应唯一的办法，就是对主要输电线路果断进行人工除冰和抢修。

　　湖南全省 33 条 500 千伏的线路，因无法通过线路自身融冰，只得人工将绝缘瓷瓶的冰层敲掉。

　　完成一个铁塔除冰，至少需要 3 小时。而全省绝大部分 500 千伏线路的除冰任务，都落到了省送变电建设公司 3000 多名员工的头上。

　　自 1 月 19 日湖南省电力公司启动除冰护网紧急预案以来，周景华、罗海文、罗长明就一直奋战在娄底境内，他们在 500 千伏的五强溪至民丰变电站上，不停地巡查、除冰。

22日1时，周景华、罗海文、罗长明等接到紧急命令，连夜从娄底赶往长沙，除冰保电。

他们在车上打个盹，一抵达现场就马上投入抢险。经过18个小时连续奋战，当日19时，他们成功修复了"复沙一线"。

正是这一突破，使长沙、株洲、湘潭等湘中地区供电形势得到缓解。

但是，到23日10时，湖南电网的负荷又从危险的680万千瓦上升到720万千瓦以上。到25日，更进一步攀升到800万千瓦之上。

25日，华沙线告急。华沙线是长沙电厂电能送出的唯一通道，也是长沙城区的重要供电线路。

华沙线全长近32公里，共有87座铁塔。自1月21日以来，因连续雨雪冰冻，这条线路严重覆冰，厚度竟达60毫米至90毫米，这致命的厚度导致该线路全线跳闸停运。长沙电厂的电送不出去，长沙城区用电自然会受到严重影响。

26日清晨，罗海文、罗长明、周景华3人被派往长沙市望城县桥驿镇力田村，为500千伏华沙线除冰。

进入施工现场，有着10多年工作经验的罗海文等人深知，导线冰冻出现的大幅度舞动将产生"共振"效应，足可以拉倒数十吨重的钢塔，险情随时可能发生。此时上塔除冰，脚下的电线，实际上是条"生死线"。

但所有抢险队员都没有犹豫，毅然决定上塔。罗海文等3人在全高59米的43号铁塔上，从高处悬空上到离地面50多米高的导线上和绝缘子串上，用木棒、橡皮锤敲击冰块。

13时许，正在500千伏华沙线44号铁塔下执行除冰安监任务的省送变电建设公司送电三公司302队副队长文武突然发现，吊在铁塔上的绝缘瓷瓶出现异常，原本处于垂直状态的瓷瓶开始向一边倾斜。

有18年外线维护经验的文武很快地意识到，铁塔可能要倒塔了！他急忙招呼正在塔上除冰的同事往下撤。

当文武和同事们刚从塔上撤下来时，只听见"轰"的一声，40多米高的44号铁塔轰然折断。

文武和同事们刚刚逃离了危险，就看到500米远的另一山头上，43号铁塔也开始倾斜，而在那座铁塔上周景华、罗海文、罗长明正在除冰。

文武立即向43号铁塔奔去，他一边跑，一边大声地向铁塔上的周景华招呼："景华！小心！你们的铁塔要断了！"

但是，不等铁塔上的人反应过来，只听见一声巨大的声响，43号铁塔像麻花般地折断了！

抢险队员们远远地看见周景华首先从50多米高的悬空处坠下，在53米高处横担上的罗长明、罗海文也随铁塔猝然倒下。

40多分钟后，当文武和10位同事深一脚浅一脚踏着

厚厚积雪，从丛林中爬到 43 号铁塔旁时，发现周景华仰面倒在雪地上，已经停止了呼吸。

此时，铁塔的四分之三断裂。折断的塔体上挂着的罗长明和罗海文已经奄奄一息。

前来救援的同事，赶紧分成两组，一组奋力爬上铁塔救人，一组砍伐树枝做担架。

冰冷的铁塔上，几位同事花了近一个多小时，才用绳子将奄奄一息的罗海文从塔上吊到地面。

这时，罗海文已一身冰凉，喉咙里发出"哼……哼……"的呻吟。

紧接着，罗长明也被救了下来。

罗海文、罗长明随后被送往最近的解放军 163 医院抢救。然而，两人终因伤势过重，永远地离开了他们朝夕相处的同事。

周景华、罗海文、罗长明以身殉职的消息传出，不少在除冰一线拼搏了多日的汉子们，都流下了热泪。但他们擦干泪花，又继续向高高的铁塔爬去。

省委副书记、省长周强闻讯后动情地说："省电力公司为保住湖南电网，保障全省电力供应，不怕艰辛危险，甚至付出了生命的代价，全省人民感谢你们！"

其实，在这次冰灾中，电力战线在抢修线路时意外牺牲的远非只有湖南的这 3 位烈士，这些职工明知有危险，却决不后退，他们为了给人们带去光明，为了使停产的企业早日恢复生产，为了使国家减少因停电而造成的损失，毅然用自己的生命，用自己的青春和热血谱写了一曲曲感天动地的壮丽凯歌。

广东电网公司韶关局一线员工刘焕松也是这些英雄中的一员。

2008年1月下旬以来，广东省部分地区遭遇历史上罕见的持续低温、雨雪、冰冻极端天气，造成大部分电网输变电设施覆盖了厚厚的一层冰雪，严重影响了部分地区的输电供电设备的正常运行。当地社会经济发展和人民生活受到了严重影响。

为了保证输电线路的正常运行，中国南方电网公司和广东电网公司发出紧急通知，要求供电系统全体干部职工全力以赴进入紧急抗冰抢险状态。韶关供电系统这群以"主动承担社会责任，全力做好电力供应"为使命的南网人与冰魔展开了一场艰苦卓绝的较量。

韶关电网为了京广大动脉的安全畅通，为了受灾群众的取暖抗寒，出动抗冰救灾人员近2000人，车辆350台，在粤北大地打响了一场声势浩大的抗冰抢险战役。

1月27日8时，韶关市始兴县马市镇侯坡10千伏513馈线速断跳闸。

停电就是命令，负责该地段维修的马市供电所所长李华美立即组织员工进行紧急巡查。

12时10分，巡查发现岭头支线一处电杆因结冰导致线路断线。

为了让当地700多户群众能够尽快用上电，供电所员工迅速投入抢修，计划在傍晚时分给当地群众送去光明。

外出巡查线路刚回到马市供电所的刘焕松也接到了这次抢修的任务。险情让他心急如焚，他立即和另外一名职工带车带设备赶往事故现场。

刘焕松自 1980 年参加工作以来，服从组织安排，坚守在农电工作第一线，辗转 6 个基层供电所，足迹踏遍了始兴县的山山水水。

对待工作，他始终踏实肯干、尽职尽责。无论是否当值，只要工作需要，总是随叫随到，从无怨言。多年来，无论抄表、收费，还是维护抢险，他时时处处走在前头。他出色的工作，得到了领导、同事和客户的好评，曾先后多次被评为供电局先进工作者和"十佳员工"。

这会儿风雪交加，通往现场的小道多半已被冰雪压断的树木挡住，车不能前进了，刘焕松和他的同事跳下车继续前进。

在距现场 5 公里多远时，已无路可走。他们只好背着沉重的设备边开路，边艰难前行。直到 16 时 30 分，他们才与先到达事故现场的另外 5 名职工会合。

此时，寒风阵阵，雪雾弥漫。不等马市供电所所长李华美开口，刘焕松便抢先说："在这里我的工龄最长，经验也最丰富，让我上吧！"

说完，不等李华美同意，刘焕松就像平常一样，头戴安全帽，腰系安全带，娴熟地攀爬上水泥电杆。

17 时 22 分，正当刘焕松挂好滑轮的一刹那间，电杆突然平地断裂倒塌，刘焕松重重地摔倒在地。

李华美所长飞快地跑过去大喊："刘师傅！刘师傅！"

但是，刘焕松却没有回应。

在场职工和闻讯赶来的该镇岭头村多名村民一边进行现场急救处置，一边拨打"120"。

刘焕松被送往了医院。然而，由于伤势过重，虽经医院全力抢救，47 岁的刘焕松仍在当晚 22 时 50 分不幸以身殉职。

刘焕松走了，永远地倒在了岗位上。他的事迹深深地感动了全体电力系统的员工，他们以更大的热情和干劲投入到了抗冰抢险的工作中去。

就在广东电网公司员工刘焕松牺牲的第二天，湖南省郴州市电力公司管理所检修二班副班长曹响林也在抢修电力设施时，因劳累过度而永远地倒在了铁塔上。

曹响林 1983 年 8 月参加工作，在国家电网公司湖南省电力公司郴州电力战线整整奋战了 25 年。

自 1 月 13 日起，罕见的冰灾开始连续袭击郴州电网，进而开始出现塔倒、杆折、线断现象，郴州电网的安全运行受到了严重威胁。

曹响林从 1 月 12 日天气变得恶劣起，就带领抗冰抢修小分队一起踏雪破冰，辗转于崇山峻岭之间。

天气越来越恶劣，刚刚抢修的供电线路，经过一夜的雨雪冰冻，又出现倒杆断线的故障。

只要线路故障一出现，曹响林不管白天休班，还是深更半夜都主动赶赴现场查清、排除故障，用高度的主人翁精神保证安全供电。

然而，短路融冰、加压融冰、人工敲冰……所有现代和原始的抢修办法，与雨雪冰冻的速度相比，都显得微不足道。

不久，郴州电网与湖南省主网联系通道断绝，于是，保住"孤网"运行，撑住京广电气化铁路、医院等重点客户供电，力争抢修城区和县城供电线路，确保群众基本生活用电，成为电力公司全体干部职工的首要任务。

郴州市委和政府领导先后要求电力职工全力抢修市城区和县城区电、水设施，保障群众基本生活的指示下达后，全局干部职工积极响应。

曹响林带头执行上级的指示，每天都超负荷地工作。他每天晚上只能睡两三个小时的觉，经常是凌晨抢修刚回来，线路又出现新险情，连脸都顾不上洗一下，就又带领小分队去工地上处理故障。

他上有年迈的父母，下有未满周岁的女儿，但为了抗冰抢险，他顾大家舍小家，每天都要往返五六个故障现场抢修。他把抢修好每一处线路故障，当做电力职工的一份荣耀，兢兢业业地干好。

为了节约时间，曹响林和线路管理所的工人们在覆着厚冰的输电线铁塔上经常一干就是几个小时。

站在高高的铁塔上，肚子饿了，要么啃点干粮，要么把盒饭用绳子吊上去，背对着寒风吹来的方向，胡乱吃上几口。为了避免下塔上厕所耽误时间，大家干脆就不喝水。在这种恶劣的工作环境下，大家的体力都处于不断透支的状态。

1月29日下午，就在踏雪卧冰、辗转崇山峻岭完成了一个又一个故障点抢修任务后，曹响林再次接到任务：

请到110千伏塘高线10号钢管塔上排除架空地线故障任务。

接到命令后，曹响林没有多想，马上带着学员罗长春赶到了现场。

在抢险现场，学员罗长春看到曹响林气色很差，就说："曹师傅，你在塔下指导，让我上塔去吧！"

但曹响林却说："铁塔太滑了，你经验不足，还是我来吧。我去快一些，可以早点恢复送电。"

说着，他系上安全带就往铁塔上爬。

曹响林奋力敲开铁塔上的坚冰，冒着凛冽的寒风，攀上了21米高的输电铁塔，拿专用的大剪刀剪断架空地线。就在他处理完故障、准备下塔时，由于又冷又累，劳累过度引发心肌梗塞，倒在了21米高的铁塔之上。

曹响林牺牲的噩耗传来，正在紧张抗冰保网一线的再苦再累都不吭声的同事们痛哭失声。

2008年，在残酷的冰雪灾害面前，我国电力职工这一普通群体，在面对生命与责任这两个选择时，用他们的满腔热血，向全国人民交出了一份份感人的答卷。

1月中旬，广西也出现了前所未有的长时间、大范围凝冻天气，冻雨形成的覆冰对广西电网造成了严重破坏。桂林成为此次冰灾的重灾区，全州、灌阳、兴安仅有110千伏挡道线与桂林电网相连。

为了及早排出故障，广西电网公司党组贯彻党中央、自治区党委和南方电网公司党组的精神，发出了举全公司之力投入抗冰抢险保供电，坚决打赢桂林电网保卫战这一仗的号召。

广西送变电建设公司党委坚决响应，派出抗冰抢险突击队，迅速奔赴桂林抗冰抢险保供电前线。

在这次抗冰抢险中，作为广西电网送变电公司的一名职工，蒙笑积极投入桂林电网保卫战中。

蒙笑于1982年参加工作，20多年来，他在平凡的岗位上，以朴实的工作作风、高度的主人翁责任感，踏踏实实地工作。

广西电网公司送变电建设公司第一分公司，主要任务是接通桂北联结广西主电网的110千伏挡道线，在除夕恢复兴安、全州、灌阳等县的供电。

受冰灾侵略的110千伏挡道线共有28基铁塔倒塔和损坏，一分公司负责施工的17基铁塔，按照正常工期估计要45天才能完成，但实际只有6天时间，施工强度非常大。

在这次抗冰抢险战斗中，蒙笑的主要职责是后勤保障工作，在挡道线参加抢险的数百名突击队的衣食住行都由他负责。

蒙笑明白肩上的重任，他不停地忙碌着。在兴安全县停电，吃水和住宿都很困难的情况下，为了能够让突击队住得安稳一点，吃上暖的饭菜，他找住地、跑商场、跑菜市，采购肉、菜、方便面和八宝粥等，安排好车辆接送突击队员上下山。

开始时，蒙笑只负责 180 多人的后勤保障，但到 1 月 30 日后，蒙笑接到了新的任务：当天还将有 200 多名突击队员赶赴兴安支援。

这样，蒙笑负责的后勤保障人数，一下子增加到 400 多人。

因为新增加的 200 多人共分 4 队，到达的时间也不同，蒙笑从当天晚上 20 时起就安排队员入住，当安排好最后一批队员时，已经是凌晨 3 时了。

这一天，蒙笑连轴转了 20 多个小时。而次日清晨 6 时，他又开始为队员们准备干粮。

从 2 月 1 日开始，6 天里蒙笑每天只睡三四个小时。

在抗冻抢险保供电前线，施工点大都分布在几百米高的冰山上，送午餐最艰苦。为了让突击队员能吃上热乎的饭菜，蒙笑精心安排好送餐线路，每天挑着饭菜用最快速度为施工点送餐，想方设法保持饭菜的温度。

由于各个施工点分散在不同位置，平时上山要走 4

小时，下山还要再走 5 小时，很多时候全靠手电筒光线才能回到山脚下。回到住地，常常头上、脸上、身上都被雪水、汗水湿透了，衣服也冻成了冰块。

蒙笑的一条腿曾经在电网工作中受伤，此次抗灾抢修又长时间、高强度地爬山、负重，再加上经常在雪地中摔倒，造成伤势进一步恶化，他走路一瘸一拐的。

有一次，他不小心滑倒，腿上的伤更重了。同事劝他不要上山了，他不答应，说："一定得送饭上去，兄弟们太辛苦了，我这点伤算不了什么。"

2 月 5 日，第二天就是除夕了，挡道线抗冰战斗进入关键时刻。蒙笑的父母把他 8 岁的儿子接到都安老家，等着蒙笑夫妻一起回来过年。

不能回去的蒙笑在电话里对父母说："我们要抗冰保电，没法回去过年了，你们在家好好过年，等通电了，我再回去。"

2 月 6 日已经是除夕，按照党委的要求，为了让突击队员能在前线过好年，感受集体的温暖，蒙笑也和往常一样早早起床，安排山上的中午饭，筹备年夜饭。

下午 2 时多，蒙笑感觉有些头痛，就休息了一会儿，不到 15 分钟，他又忙开了。

当日 18 时 45 分，110 千伏挡道线贯通了，桂北三县灯火通明，供电工人实现了在除夕为灾区人民送电的承诺，桂林抗冰抢险取得了阶段性的重大胜利。

蒙笑终于可以休息一会儿了。他太累了，年夜饭他只吃了一点儿，21 时多一点，他就破天荒地早睡了。

凌晨 1 时 40 分，同事发现平时打呼噜的蒙笑没有了呼噜声，就摇动他，但却没有反应，再一试探，竟发现他已没有呼吸了。同事们马上打急救电话 120。

10 分钟后，120 急救车到来，把蒙笑紧急送兴安县人民医院抢救。

不久，急救室的门打开了。从医生沉痛的面容上，同事们知道蒙笑永远离开了他们。

"你们在家好好过年，等通电了，我再回去。"这是蒙笑留给家人的最后一句话。

蒙笑匆匆地走了，可他的同事没有停止前进的步伐。

至 12 日，经过电力职工 20 多天的奋战，广西因灾停电的县城、乡镇全部恢复通电。

万家灯火，背后是无数电力人的心血，人们永远不会忘记，电力人为这场战役，有的献出了他们宝贵的生命，有的牺牲了他们与家人团聚的天伦之乐，更多的则在冰天雪地里默默地奉献……

正是因为有了他们的种种牺牲，才有了全国人民的快乐和欢聚，也正是因为有了他们的无私奉献，才有了千家万户的光明。

人民将永远记住他们！

交通部门职工坚守一线

2008 年 1 月中旬，持续的冰冻雨雪天气，给郴州市的道路交通带来了巨大压力。

为保持道路畅通，郴州市交通系统干部职工昼夜不停地铲冰除雪，疏通车辆。负责后勤保障工作的郴州市交通局后勤服务中心经理卢明强每天早上五六时便开始为一线人员分配、提供相应工具和生活物资，工作一整天后，晚上他还主动要求通宵值班以保证及时了解情况、保证供给。

1 月 26 日，京珠高速耒宜段全线告急，大量车辆滞留郴州。郴州市交通局 40 多名工作人员分成两个组，一个组昼夜守候在高速路上，指导铲车破冰，疏导车流；另一个组留守机关值班，同时承担后勤采购、107 国道责任路段铲雪清障、为市应急办调集救灾车辆等任务。卢明强被任命负责后勤保障工作。

到 2 月 1 日，卢明强已经连值了两个通宵班。但是，他还是坚持与同事赶往 107 国道五里堆路段清除冰雪。

国道两边高大的樟树掉下来的树枝，加上冻在上面的厚厚的冰凌，有的重达百来斤。卢明强劈、砍、拖并用，很快就与大家一道装满了一卡车。到了卸车地，大家发现卡在车上的树枝卸不下来，又是卢明强第一个跳上车去……

在除冰现场，看到一位同事光着双手拖冰冷沉重的树枝，卢明强立即取下自己的手套硬塞给同事，说："我不怕冷，你戴上这手套吧！"

听到一位同事说自己的鞋子湿透了，他又马上脱下自己的鞋，让同事穿上，说自己还有鞋换。

卢明强就是这样一位心里想着别人，唯独忘了自己的好同志。他1983年参军入伍到一二六师后勤部门，工作积极肯干，无私奉献，受到官兵一致好评，被部队荣记三等功。转业到郴州市交通局工作后，一直负责机关后勤服务工作。他始终任劳任怨，尽心尽职，急群众之所急，想群众之所想，多次被评为全市交通系统优秀共产党员。

在这次抗灾中，为保证值班照明和取暖，他利用休息时间，满街寻找蜡烛，冒着雨雪购买炉具和煤球，但自己家里多日来却一直黑灯瞎火。

平时，谁家的门坏了，水管爆了，电灯不亮了，只要一个电话，哪怕是深更半夜，卢明强都立即赶到，亲自动手，为大家排忧解难。在大家心里，他是个实心肠、热心肠的人。虽说岗位平凡，做的事琐碎，但他在平凡中彰显伟大，诠释了共产党员一心为民、甘于奉献的光辉形象。

中午，全身湿透的他匆匆吞下了一碗方便面，也是他这一天吃的第一顿"饭"。他没来得及赶回去换套干净衣服，因为还有个抗灾会议等着他。

14时30分，全局在六楼开大会。走到四楼时，身体一向硬朗的卢明强站在走廊上不动了，脸色苍白。

在大家关切的询问中，他笑了笑，说了声没事，又开始爬楼了，下午依然参加了铲雪大战。

17时30分，卢明强铲完雪回来后第三次上街买东西。走到煤气大楼时他又走不动了，最后只好由他一个人在大楼等，等同事买好东西后再一起步行回办公室。

18时，卢明强接到了爱人肖红英的电话："回来吃饭吧！你在外面忙了八九天了，不值班也要一两点才回，饭也没有吃顿热的。"

卢明强拒绝了爱人的好意："大家都在吃方便面，都在忙，我一个人怎么能走？我也在这里吃方便面算了。"

爱人发脾气了："身体是革命的本钱，你天天吃方便面怎么得了？你不回家吃饭我也不吃了！"

在这种情况下，卢明强答应回家了。19时许，大雪纷飞。忙碌了一天的卢明强，拖着疲惫的身体回到家里。

自从进入抗灾以来，卢明强就很少顾上家了。长时间冰雪侵袭，他家的屋顶渗漏越来越厉害，地面满是冰冷的雪水。家中还有70多岁的岳父母和正在上初中的女儿。爱人多次打电话要他回家，他总是说，抗灾很紧，等他回来再说。

冰灾发生后，卢明强经手购买的蜡烛、煤球无数，但他家里一直没有一支蜡烛，一个煤球。

面对持续严重的抗灾形势，卢明强就像一台"永动机"一样不知疲倦地工作着。

直到2月1日下午，他家里停水停电又四处漏雨，实在挤不出时间的卢明强只好委托弟弟卢俊从外面买回蜡烛、帮忙从姐夫处挑来煤炭，才解了家里的燃眉之急。

看到家里有了蜡烛和煤炭，卢明强放心了。匆匆扒了几口饭，他告诉肖红英，他晚上要值班。肖红英看他脸色不太好，加上这几天都没有休息，就让他向领导请个假。

卢明强笑了笑说："大家都很忙很累，怎么好请假?"说完就要往值班室赶。

临走时，他突然想起了一件事。

他掏出了自己的手机，给外甥打了个电话："记住啊，你的货车明天一定来我们单位支援扫雪啊，我们白天说好的。"

看着爱人不解的眼神，他笑着解释："今天上午清理断树枝的时候，发现用来运送树枝的卡车太少，影响进度。我当时就给外甥打了电话，让他明天无论如何也要把车子开过来。他答应了的。我走了啊，局里的事情太多了。"

从回家到离开，前前后后的时间只有15分钟。

卢明强在爱人心疼的目光中走出家门，身影渐渐消失在夜色中。肖红英没有想到，这竟是他们夫妻的永别!

卢明强到达办公室，两架电话的铃声就没有停过。

抗冰救灾

有传达文件的，有受困车辆求助的，有外地问讯郴州路况的，有应急指挥部急需物资的……

卢明强与同事——作答。

23时，卢明强巡查局机关安全保卫工作。局里办公楼6楼的单身宿舍里，住着一个刚调上来的同志。卢明强特地爬上去，关切地询问他住得是否习惯，并叮嘱他，天气冷睡觉前要多用热水泡泡脚。

从23时起，值班电话便开始响个不停，卢明强一直尽职尽责地做记录并及时联络、解决相关事宜。

2月2日凌晨2时30分，卢明强接到速调机械设备到京珠高速耒宜段增援的指令后，立即拨通市运管处值班室电话：

请速调机械设备到京珠高速耒宜段增援。

话刚说完，话筒还没放下，他就仰倒在座椅上。同事发现情况不对，赶紧叫来救护车。

凌晨4时35分，因劳累过度，引发心源性猝死，卢明强永远离开了他热爱的岗位。

卢明强因疲劳过度牺牲在抗灾的值班岗位上。令人痛心的是，也就在3天前的1月29日，安徽省全椒县交通局干部王勇同志也在他的工作岗位上光荣殉职。

王勇于1990年由部队转业至全椒县交通局工作，1998年开始任交通局政秘股股长，他在这个正股级岗位上已经默默无闻地工作了 10 个年头。

2008 年 1 月 25 日至 28 日，安徽全椒县暴雪肆虐，部分地区积雪厚度竟然达到 67.4 厘米。暴雪使 3000 多辆过境客货车、2000 多名放假的学生、1000 多名返乡民工滞留在封堵的城乡道路上……

全椒的交通几乎瘫痪，全县 10 个乡镇的交通全部中断，合宁高速公路封闭，被分流下来的车辆，形成长长的车龙，拥堵的车辆鸣声不断，旅客焦急的眼神、饥寒幼儿的哭声、母亲们无助的面孔让人心痛。

雪情就是命令。

1 月 26 日本是双休日，可一大早，全椒县交通局全体人员自发来到工作岗位，都投入了工作之中。

王勇在县交通局副局长宫尚峰的带领下，组织路政和运政执法人员与公安交警、行政部门协同作战，引导、分流从合宁高速公路下来的各类过境车辆。

对于无法分流的车辆和人员，愿意就近住宿的，王勇连忙联系旅馆；不愿下车就宿的外地民工，王勇一一安排送上开水、泡面、面包。

引导、分流工作持续到当日深夜 23 时 36 分。

27 日清晨，暴雪仍在继续，王勇收到信息：

现在还有1000多名学生滞留在火车站！

王勇来不及休整，又和同事们来到县客运站，组织民工、学生返乡，苦口婆心地劝说大家不要乘坐安全没有保障的"黑车"，而乘坐装有防滑链的正规客运车，直到嗓子发不出声音。

当晚在食堂吃饭时，他得知距县城5公里处发生堵车，运送学生的客运车回不了城，随即向副局长宫尚峰请战要求前去疏导。

宫局长同意后，他来到堵车地点，经过两个多小时的疏导，终于使道路通畅。

28日，暴雪稍停，身为交通局工会副主任的王勇，心系交通系统特困职工冷暖，来不及好好休息，又一边组织人员上路清扫积雪，一边着手安排雪后困难职工"送温暖"工作。

18时，雪停了，王勇赶紧落实需要"送温暖"的困难职工名单和慰问金。

当晚，王勇和其他4名同事一起值夜班，他见其中一名同事比较疲惫，硬是劝他回家休息，而他自己则坚持值夜班到天明。

1月29日早7时，王勇顾不上机关"值完夜班次日上午要休息"的规定，在局机关食堂匆匆吃了早点后，又一大早就来到局长刘光荣的办公室，汇报"送温暖"工作情况。

回到办公室，他对同事说："雪这么大，'送温暖'活动可耽误不得。"

说完，他转身就往门外走，楼梯口响起了他匆匆的脚步声。

8时，王勇与局领导商议好当天部分困难职工的"送温暖"工作安排。正准备进行下一项工作时，怀揣着1000元慰问金的王勇突感胸部不适，随即倒下，旁边的同志急忙把他架到沙发上。

10分钟后，急救医生赶到。

人工呼吸、强心针、电击，医护人员采用了一切措施，但王勇的心脏却永远停止了跳动。

王勇在牺牲前的3天里，连续工作近70个小时没有合眼。

在这近70个小时里，王勇的嗓子喊哑了，眼睛里布满了血丝，大家都劝他休息休息，可他却总是停不下来。

在他的办公桌上，摆放着将要发出的《请求救助的报告》；下午，他还要去给困难职工"送温暖"，晚上也许还有新的险情……

王勇走了，走得这样匆忙，连一句话也没来得及留下。噩耗传遍了椒城的大街小巷，震撼着每一位全椒市民的心。几天来，同事们强忍住悲痛，一面处理着王勇的后事，一面又投入迎战暴雪的工作中去。

2月1日，当安徽人民还沉浸在失去王勇的悲痛中时，从浙江省永嘉县公路系统又传来了汪国杰、林圣巧两位职工不幸牺牲在工作岗位上的消息。

2月1日，永嘉县遭遇严重的冰雪天气已经好几天了，境内16条公路因严重冰冻而封道。

"道路结冰严重，必须马上勘察一下，告诉沿途司机。"一大早，永嘉县公路管理段公路养护人员汪国杰、胡明锋，还有司机林圣巧就接到任务，前去勘察路面的结冰情况。

自从发生冰雪灾害之后，汪国杰等三人已经连续上路巡查了 8 天。他们在危险崎岖的山路上，每天巡查的路段近 300 公里。

尽管他们已经十分疲惫，但接受任务后，依然二话不说就出发了。

14 时许，天气骤变，山风呼啸、暴雨狂作，一场罕见的"冰雨"席卷整个永嘉山区。此时，勘察小分队一行 3 人来到潘坑乡一个叫横潭的地方。

在汪国杰和林圣巧近 30 年的养路工作生涯中，这个地方再熟悉不过。但就在他们勘察完这一路段，准备前往下一路段时，意外发生了……

车子在经过一个弯道时，因车轮在结冰的路面上打滑，刹不住，猛然冲了出去。汪国杰当场殉职，林圣巧也在送往医院抢救的路途中牺牲。只有身受重伤的胡明锋幸免于难。

汪国杰、林圣巧在永嘉县公路系统是一对好兄弟，他们同年出生，都是 52 岁，1975 年同年参军，在同一个部队服役，1979 年又同年退伍。

退伍后，两人又不约而同地进入了当时的永嘉县交通局公路养护所从事公路养护工作。

2月1日上午，在林圣巧下乡前，他的妻子来到永嘉县公路管理段大院，劝他不要下乡，留下来过生日。

可林圣巧却说，生日什么时候都可以过。这条路他比较熟，现在又天寒地冻的，他这个高级驾驶员不能待在家里。

2月1日晚上，林圣巧家里聚满了亲朋好友，他们都是赶来给林圣巧过生日的。两桌热腾腾的酒菜早已摆好，就等林圣巧回来。然而，家人和亲友等来的却是他牺牲的消息。

林圣巧是个非常热心的人。过去，他在山区公路上巡查时，只要遇到在路上步行的老人、妇女和小孩，总会热心地带他们一程。

在他开车的几十年时间里，没有发生过大的交通事故，他个人曾多次被评为先进工作者。

与林圣巧一起牺牲的汪国杰，在部队当兵时就曾获得过5次部队嘉奖，并光荣地加入了中国共产党。

转业后，他一心扑在公路事业上，常常一下乡就是十几天，每个月有20多天都是走在巡查养护的路上。永嘉原来的简易公路中，80%是他带队测量的。

按照公路段里的规定，每人每周的巡查任务为3天，每天6元补助，超额没有奖励。但心系道路的汪国杰并没有把这些奖励放在心上，他的心里只有公路养护事业。他负责的300多公里的小楠溪片县乡公路，在他的带领下，被呵护得异常平整、坚实。

汪国杰对事业的尽心尽职也让他获得了很多的荣誉，连续多年被评为先进工作者。

汪国杰、林圣巧和卢明强、王勇一样，在暴雪灾害面前，用自己的生命铺就了一条辉煌的人生之路，他们的生命虽然留在了冰雪之中，但他们的名字却永远铭刻在全国人民的心上。

人民警察一马当先抗灾解困

2008 年初，一场突如其来的低温、雨雪、冰冻的特大灾害，席卷了整个华南。

天寒地冻，灾区告急。

陕西南部、湖北大部、河南南部、安徽中南部、江苏南部、贵州大部、广东北部……道路堵塞中断！煤电供应紧张！电网安全形势严峻！

　　灾害当前，人民警察要冲在抗灾救灾最前沿！

这是公安部党委书记、部长孟建柱在灾害发生时说的第一句话。

1 月 17 日，公安部紧急启动雨雪天气交通管理应急预案，当日起陆续派出 17 个工作组，由部领导带队分赴 14 个受降雪影响严重的重点地区。

消防、督察、装备等相关部门也迅速派出工作组，深入抗灾一线，与灾区公安机关共同研究抗灾救灾工作。

1 月 21 日，公安部召开会议，部署加强重特大交通事故的预防工作。

1 月 27 日，孟建柱专程到广州火车站看望滞留旅客，并检查安全工作，要求公安机关加强车站各出入口巡查力度，有序引导车辆、人员流动，防止发生群死群伤事故。

1月28日，公安部启动抗击雨雪灾害天气信息协调机制，要求各地各级公安机关和全体公安民警，采取有力措施，保安全，保畅通，服好务，并紧急调拨救灾物资驰援灾区。

从1月29日起，在公安部指挥中心，每天召开一次视频协调会议，江苏、浙江、安徽、湖南、广西、贵州等受灾严重的10个省、自治区依次报告最新灾情和抗灾工作进度。指挥中心根据这些信息科学调度、合理安排，随时调整抗灾工作部署，重点解决省际协调配合问题，形成全国公安机关一盘棋的攻坚合力。

1月31日，公安部作出决定，部党委除留下少数同志负责日常工作外，其他部领导立即率领工作组再次奔赴灾区。

与此同时，各地公安机关多措并举，全警动员，力保雨雪恶劣天气下道路安全畅通。

河南、贵州、山西动员全体交警上路执勤，落实24小时值班备勤制度；湖北全省1.1万名交警上路执勤；陕西对过往车辆实行24小时不间断监管，对7座以上客运车辆逐车登记检查；安徽、湖北采取分路段、分车型间断放行和警车带路等措施，疏导分流车辆；湖南、重庆消防部队成立多类型应急救助小分队，把警力部署到抗灾救灾最危险的地方……

这是一道别样的"风景"：在灾区，无论是公安部领导还是省市公安厅厅长，都和普通民警一样，顶风冒雪奋战在抗灾救灾最前线。

安徽省公安厅分管交警工作的副厅长范韶明是位年近60岁的老党员，为了协调安徽省合肥市和巢湖市之间的堵车问题，在车辆无法通行的情况下，他和安徽交警总队总队长赵强沿着105省道，从11时步行到深夜24时，一路上现场疏通了10多处交通堵塞。

在这些特殊的日子里，公安部指挥中心和灾区时刻保持"零距离"。

2月1日17时40分，正在公安部抗击雨雪灾害信息协调小组值班的一位局长，忽然听到收音机中的一条信息：

　　由于长时间滞留在京珠高速公路湖南郴州段，5辆新疆运送液化天然气的槽车内压力异常，随时有泄漏危险！

情况紧急，一条指令迅速从公安部指挥中心下达湖南省公安厅，紧急救援行动紧张有序地展开……

抢险救灾、维护治安、疏导交通、扶危济困，哪里群众有需要，哪里就有警徽在闪耀。

1月25日下午，从九江发往彭泽的一辆客车行经江西省湖口县凰村乡四新路段时，因路面结冰滑向路外水沟内，车辆侧翻，一名中年妇女被压在车下，全身浸泡在冰冷的雪水中。在湖口交警、县消防大队消防队员和当地村民 100 多人的共同努力下，这名妇女最终获救。当她看到救助她的民警帽檐前都悬挂着一根根冰凌时，她感激地说："我的命是公安民警给的！"

1 月 26 日 11 时，广州东至鹰潭的 2094 次列车晚点停靠向塘西站，坐在 17 号车厢的江西余江籍旅客邓美芳因怀有身孕，加上车厢内旅客太多，造成缺氧几近昏厥。乘警长华金建在列车员的帮助下，将邓美芳背到餐车通风处，自己掏钱给她买来热稀饭和面包，并通过列车广播寻找医生，下车时邓美芳紧握华金建的手感谢道："警察大哥，你的恩情我永生难忘。"

1 月 28 日早晨 5 时许，北京西开往衡阳的 K185 次客车停在京广线薛店车站。

天下大雪，气温零下 5 度，已经晚点了十几个小时的列车上，旅客饮食缺乏。郑州铁路公安局薛店警务区民警立即组织护路队员给车上运送米、面、食品和饮用水等急需品，并发动车站周边村庄的群众为旅客免费烧开水。

当发现一个年过七旬的老人冻得瑟瑟发抖几近昏迷时，52 岁的老民警宋建彬立刻把老人背到警务室，毫不犹豫地解开棉衣，将老人冰冷的双脚裹在怀里。一个小时后，恢复过来的老人握着宋建彬的手说："警察同志，你比我的孩子还亲啊！"

带着金色盾牌所赋予的责任和义务，带着对党和人民的忠诚与挚爱，河南省武胜关交警中队指导员褚衡持续高烧，仍坚持不下第一线；广州铁路公安处处长姚迈连续工作72小时，在疏导旅客时突然晕倒，倒下时，手中仍然紧握着喊话的喇叭；湖南交警钟添翰的女儿出生刚刚3天，他便和同事们并肩战斗在高速公路上，执勤间隙写下家书：

　　　　亲爱的乖乖，你已经有半个月大了，爸爸多想陪在你的身边，可是爸爸有任务在身……

　　截至2月9日18时，灾区公安机关一线执勤民警因长时间连续奋战，体力透支，造成9240人受伤，2.5万人冻伤或生病。在贵州，仅1月31日一天就有112名一线执勤交警被冻伤，64名民警摔伤，3人手臂摔成粉碎性骨折。另有张新民、欧光权、孔晓岩、赵祖虎等同志献出了他们宝贵的生命。

　　50岁的张新民生前是安徽省合肥市公安局交警支队高速公路二大队民警。1月23日凌晨，在高速路上，他在驾驶警车巡逻时发生车祸，以身殉职。牺牲时，他的手仍紧紧地握着方向盘，身边是破旧的工作包和一份没有写完的工作日志。

　　58岁的欧光权生前是贵州省台江县看守所民警，在看守所停水、停电，没有照明和取暖设备的艰苦条件下，他不顾个人安危，带病坚守工作岗位，每天值班都在10

抗冰救灾

个小时以上。1月21日下午，他因劳累过度突发脑溢血，经抢救无效殉职。

33岁的孔晓岩，生前是陕西省延安市公安局交警支队高速公路大队民警，他是这次抗灾救灾牺牲的最年轻的一位民警。他连续10多天奋战在抗冰雪、保畅通的第一线，及时疏导交通、排除险情，主动热情地为受困群众提供服务。2月2日，在处理交通事故时，他被一辆违章车辆撞倒，经全力抢救无效光荣牺牲。

36岁的赵祖虎生前是贵州省织金县公安局珠藏派出所所长，2月4日凌晨牺牲在工作岗位上。在连续20天的抢险抗灾中，他和派出所的民警们有7天巡逻至天明，尤其是在1月28日至2月3日这7天的时间里，赵祖虎共计工作155个小时……

在2008年初的这场严峻的灾害面前，勇敢、忠诚的公安队伍以自己的行动向祖国母亲证明：

这是一支关键时刻拉得出、危险时刻冲得上的队伍，是一个特别能吃苦、特别能战斗、特别能奉献的英雄群体，永远是党和人民可信赖的、忠诚无畏的共和国之盾。

正是这些公安战士的无私奉献，才换来了普通百姓的快乐和安全，也正是他们的忘我工作，才换来了2008年17省人民新年的合家大团圆。

部队官兵奋勇抗灾抢险

2008 年初，大半个南方，被暴雪冰雨肆虐。危难之中，三军将士在风雪中出征。

在这个寒冷的冬日，解放军官兵用他们的实际行动，在灾区树起了一座不朽的丰碑。

1 月下旬以来，特大暴雪普降江南，南京军区"硬骨头六连"连长俞树明敏感地意识到一场大战即将来临。他迅速召开支委会，收拢休假人员，做好随时出动的准备。

1 月 27 日，杭州火车站 3 万多名旅客滞留。俞树明接到上级紧急命令：迅速赶往杭州火车站。

俞树明带领全连官兵在车站紧急支起帐篷，救援处于寒流中的旅客。30 来公斤的帐篷，他一夹就是两个。连续奋战 3 个小时后，12 顶大型军用帐篷稳稳挺立在风雪之中。

熬煮姜汤、搬运行李、疏导交通……长时间忍饥挨冻，俞树明一下子病了，他的体温高烧达到 40 度。

2 月 1 日，俞树明的病情稍有好转，可他又得知，自己刚满 1 岁的女儿也因重感冒转肺炎，已住院 5 天。

他刚想踏进医院去探望女儿，却又接到紧急命令：杭州市区主干道交通瘫痪，火速增援！

俞树明来不及多想，又带领由 48 名老兵组成的突击队星夜驰援西湖大道。

长约千米的西湖大道，积雪厚达 30 厘米。俞树明首先做了简短的动员工作，他大声地询问同志们："在天亮前清除积雪，疏通道路，有没有信心?"

"有!"同志们齐声回答。

俞树明率先挽起衣袖，甩开膀子，挥锹除雪。激战 3 小时，官兵们终于抢在市民上班前将这条杭城交通命脉完全打通。

2 月 6 日，妻子抱着女儿来到连队，俞树明看到灾情仍然十分严重，顾不上一家三口团圆，忙着组织大家开展针对性抗灾训练，准备迎接新的战斗。

2 月 11 日，江西电网告急!"硬骨头六连"接到入赣抢修电网的命令。次日凌晨 3 时，俞树明带领全连官兵紧急出征，奔袭千余公里，于 13 日 17 时抵达赣州作业点，连夜安营扎寨，受领任务。

俞树明带着几名骨干在万安县作业点破冰开路，勘察作业地形。按任务要求，在两天时间内，全连官兵要把 50 吨电网塔基材料送上海拔 1400 米高的山顶。

队列前，俞树明高声呼喊："困难面前有六连!"

全连官兵齐声作答："六连面前无困难!"

转眼间，崎岖山路上，运送塔材的官兵排成长长的队伍。18 时，天色已晚，山下只剩下 17 根每根 150 公斤重的塔材了。

暮色中，队伍重新集结，老兵新兵科学编组，连续突击3小时，仅一天时间，他们就完成了原定两天完成的任务。

　　2月15日，井冈山电网告急：海拔最高的罗霄山脉8座塔基倒塌，需要攀爬7公里的陡峭山路，将每根重达1000多公斤的塔材运上作业点。

　　俞树明临危受命，带领全连官兵从赣州急速转战井冈山。他们凭着一股"硬骨头精神"，将这块难啃的"硬骨头"一举拿下，比预定时间提前一天完成任务。

　　17日下午，带领官兵胜利完成永新县境内岩石山电力器材运送任务的俞树明，受到了当地老百姓的热情欢迎，有几个老乡特地爬到山顶，为俞树明和六连官兵点燃庆贺的鞭炮。

　　在2008年初的这场冰雪灾害中，俞树明带领部队演示了战斗在一线的辉煌，而某红军团三级士官朱应武，在探家途中，则以不同的方式，展现出现代军人的别样的风采。

　　朱应武是贵州省石阡县金坪村人，1999年12月入伍，2004年7月入党，2007年12月转改为三级士官。

　　2008年1月16日，尽管鄂北地区刚刚下过一场大雪，但一年多没有回家、急着探望病重母亲的朱应武，还是踏上了南去的列车。一路上，火车走走停停，各地的灾情十分严重。

　　18日凌晨，当朱应武走出贵阳火车站时，看到到处是滞留的旅客。在广场的一角，一个年轻人蹲在地上，面前摆着一张写着求助路费的大纸。一时分不清是真是假的朱应武正要走开，却又被那人羞涩的表情和无助的眼神牵绊住了脚步。

他蹲下来，问明这个年轻人叫李军，广东佛山人，来贵州大学报考法律专业研究生。由于报考时间推迟，加上车票难买，在贵阳多耽误了几天，身上已经没钱了。

朱应武当即掏出400元钱递给了小伙子。正当他转身之时，小伙子一把拽住了他，说：“你一定要留下联系地址。”

围观的人都说：“这个当兵的真傻，人家说是学生就轻易相信了。”

朱应武啥也没说，笑着走开了。

告别李军，朱应武赶到了汽车站。一问才知道，3天之内的票都卖完了，他只好就近找了家小旅馆住下来。就在这天上午，他从电视上看到贵阳市抗灾救灾的新闻，马上就坐不住了。先是帮助疏导车辆、维护秩序，为年老体弱的旅客购买车票、搬运行李；后来又走上街头，加入破冰除雪、疏通道路的行列中。3天时间就这样忙忙碌碌地过去了。

1月21日下午，朱应武赶到了凯里。然而，回家的路依然漫长。

此时凯里的多条公路干线中断。为了节省钱，朱应武住进了每天15块钱的鸿腾旅店。由于床位吃紧，每个铺位只给了一床薄薄的被子。这天夜里，隔壁一个孩子冻得不停地哭泣。朱应武二话没说，就把唯一的被子送了过去。

孩子的哭声渐渐停了下来，朱应武就裹着褥子将就了一夜。

滞留凯里期间，朱应武每天都走到车站询问通车进展。

一天早上，一个老太太突然滑倒在地上。朱应武急忙跑过去，小心翼翼地把她抱起来。

这时，老人已是昏迷不醒。朱应武边走边打听，把她送到了自治州人民医院分院，为她办了住院手续，交上了500块钱的押金。老人很快脱离了危险。

老人叫杨莲珍，今年73岁，老伴去世多年，两个女儿都在外地，一时半会儿赶不回来。朱应武暂缓了回家的行程，留下来看护老人。当老人得知朱应武是一名在这里等车的解放军战士、家中还有病重的母亲时，心里很是不忍，几次催他赶紧买票回家。

而朱应武总是安慰她说："大娘，我回家的路还不通，您的年龄比我母亲都大，就让我侍候您几天吧!"直到两天以后，她的女儿赶到，朱应武才悄悄地离开了医院。

这时，去朱应武老家方向的路已经通车了，但每天只发一班车，买票的人挤成一团。朱应武即使换了套便服，但还是不好意思往里挤，总觉得有损军人的形象。

一天，他碰到一家三口人为买一桶方便面争执起来，孩子吵着要，大人舍不得买，说是再这样花钱回家的路费就不够了。

朱应武就自己掏钱给他们买了 6 桶方便面和一包火腿肠。周围人以为朱应武是政府派出的救助人员，纷纷向他伸出手。朱应武找到车站反映这一情况后，车站提供了一些救助。而朱应武每天也买些方便面、馒头、油饼一类的食品，分发给受困的旅客。

几天下来，他准备给母亲看病用的 5000 多块钱，花得只剩下几百元了。

朱应武给战友王春亮打了个电话，让他把 4000 块钱打到了他的工资卡上。

离春节越来越近了。看着朱应武每天都在为旅客们忙活，车站调度员龚银发特意在车上给他留了个座位。

2 月 2 日这一天，朱应武一大早就背着行李赶到车站。车快要开的时候，一个小伙子跑到了车前，哭着对司机说："我是在凯里上学的学生，父亲被车撞了，正躺在医院里，求求你把我捎上吧！"车辆不能超员，司机十分为难。

朱应武提着行李走下车，把回家的机会让给了他。

就这样，朱应武直到滞留旅客基本疏散完才登上返乡的客车。

2 月 3 日中午，朱应武坐的小客车因山路结冰过厚，咋也爬不上去，后退也凶险异常，客车只好暂时停靠路边。回家的路又一次被冰雪中断！

车上旅客情绪急躁起来，能吃的东西基本吃完了，有的旅客已经身无分文，不知道怎么办才好，在那里号啕大哭。天色一点点暗下来，气温越来越低，旅客再待下去可能有生命危险。

危急关头，朱应武从包里掏出军装，穿戴整齐后站出来："我是一名军人，这一带我很熟悉，我知道前面不远就是龙溪镇，请相信我，跟我来吧。"

朱应武把自己带的干粮分发给旅客们充饥，带着他们沿着山路向小镇前进。经过3个多小时艰难跋涉，他们来到龙溪镇。朱应武替大家交了住宿费，领大家到小店吃饭，还帮大家买了返乡的车票。

从1月17日到2月3日，朱应武在路上滞留了18天。一路走下来，朱应武先后数十次慷慨解囊，在凯里、龙溪等地，先后资助受困旅客50余人，为他们购买车票、付房费、付饭钱、买药品等，钱物折合共计7000余元。

朱应武的事迹传到部队后，团党委特批他续假半个月，并派团后勤处长徐建海专程到他家里看望慰问。

冰雪归途18天中，朱应武拿出的竟是母亲的看病钱！

朱应武母亲的病由于缺钱医治，已躺在床上快半年了。朱应武回家后，将自己在旅途中的点点滴滴向父母和盘托出，其母安慰他说：

"儿啊，人家比我们更困难，更需要帮助，我不怪你!"

朱应武说："我的家境很不好，母亲治病也需要钱。不过我觉得在自然灾害面前，人与人之间需要相互帮助，更需要相互温暖，这钱花得值得。"

朱应武牢记他所在红军团的传统，他把"爱民特别真诚"作为了自己的人生信条。

翻开朱应武的成长履历不难发现，他不仅专业技术过硬，而且经常帮助他人。从 2004 年开始，他就一直坚持每月从工资里挤出 200 元，资助江西南昌航空工业学院的女大学生张兴琼完成学业。他还多次为驻地家庭困难的孩子购买衣服、玩具和书本文具等，被小朋友们亲切地称呼为"活着的雷锋叔叔"。

入伍以来，朱应武先后 4 次被评为"优秀士兵"，多次受到表彰和奖励。

朱应武一路爱心融冰的感人事迹，引起社会各界的普遍关注。

很多网友发帖说：

人民子弟兵好样的! 朱应武好样的!

朱应武，只是一个普通的军人，却感动了千万人。

消防干警的无私奉献

2008年1月28日，南京市已持续三天遭受到暴雪袭击。

清晨5时，浦口区公安消防大队新浦镇中队士官林正进按捺不住内心的激动，早早起了床。今天，是他大喜的日子，他将在这一天迎娶他的新娘。

林正进是南京六合人，2001年12月入伍，2006年9月加入中国共产党，他是南京市消防支队浦口大队新浦路中队二期士官、驾驶班副班长。

林正进走出家门，望着房前的皑皑白雪，心中暗想：几天前自己还在执行抗雪救灾活动，今天天气比较好，一定不会有什么任务了。

8时，西装革履的林正进正准备动身去接几十里外的新娘，忽然，他家中的电话响了。

林正进一看是中队值班室的电话，他以为是中队领导来贺喜的，便轻松地按下了通话键。

但是，电话那头的声音说："小林，部队接到了紧急除雪抢险任务，情况紧急，需要你立即归队！"

身为中队驾驶班副班长，又是消防云梯车驾驶业务最熟练的驾驶员，林正进接完电话后内心十分矛盾：如果自己一走，婚礼势必无法继续举行，将会给双方请来的亲朋好友带来不少的遗憾。但望着窗外仍在飘落的大雪，消防战士的职责使他意识到抢险救援任务迟一分钟展开，国家和人民群众的生命财产安全就要增加一分新的危险。

军人以服从命令为天职，为了国家和人民的利益，舍小家顾大家是军人义不容辞的选择！

想到这些，林正进立即打电话告诉正在忙碌的新娘一家："部队有紧急抢险任务需要我回去，你们向亲戚朋友们解释一下，婚礼等我完成任务后再补办。"

随后，林正进匆匆脱下新郎礼服，在风雪中换乘两趟车，马不停蹄地赶往中队。

漫天雪花飞舞，道路冰雪覆盖，20多公里的路程他走了一个多小时。

回到中队的林正进得知：在经过了持续多日的大雪后，位于南京市石佛寺的南京公安特巡警支队直升机大队的停机库顶棚积雪厚达40多厘米，随时可能被压垮，而机库内造价昂贵的3架警用直升机在雪灾中担负着航拍、道路监测、空中支援等重要任务，上级命令林正进所在的消防中队紧急赶往现场清除冰雪，以保证停机库安全。

明确了任务要求后，林正进立即驾车与中队的战友们赶到了停机库。

经过现场查看，停机库是一个长近50米、宽30米、高12米的大跨度钢结构棚。由于停机库顶棚较高，现场指挥员决定，动用消防云梯车，分批次将每组4名消防队员用云梯运送至停机棚顶端，并用安全绳固定在云梯车的车斗上，以防摔下停机棚顶，消防队员用铁锹一点一点地铲雪，当铲完一片区域后，再靠云梯臂的移动转移区域，继续清除积雪。

作为大队唯一的云梯车熟练驾驶员，林正进知道在这样的任务面前自己责无旁贷。

从9时多开始，林正进几乎没有离开过露天的云梯车驾驶台。

云梯车将系着安全带的消防战士送到停机棚顶，林正进一面盯着战友们的动作，及时调整角度，一面听从现场人员指挥，完成指令动作。

时间一分一分过去，林正进全神贯注地操纵着云梯车，因为云梯有32米高，云梯升得越高，操作的难度越大。

当时的环境非常恶劣，为确保在十几米高空上的战友们的安全，林正进操作时一边仰头眼看车斗里战友发出的移动指令，一边紧盯仪表盘和操作杆，从9时到24时，在风雪之中连续工作了15个小时。

风雪交加，由于担心影响视线，林正进没有打伞，两套大衣和制服都被大雪湿透了。

终于，停机库顶棚上的积雪清除干净了，直升机的安全保住了，此时林正进穿的大衣、战斗服和帽子上则全部被雪水浸湿结成了厚厚的冰块，林正进几乎是身体僵硬着在战友们的搀扶下才好不容易走下操作台。

回到中队后，他休息了很长时间才缓过神来。

当天夜里 24 时后，林正进拖着疲惫的身子回到家，等待了一天的新娘宣修金这天不得不住在了娘家。

几天后，抗雪救灾任务有所缓解，新浦镇中队决定为林正进和他新婚的妻子补办一次"警营婚礼"，时间定在 2 月 3 日下午。

这天，林正进早早将新娘宣修金接到了部队，战友们买来了大红双喜字，专门腾出了一间招待房布置成"新房"，炊事班也准备了丰盛的菜肴，大家期盼着他们幸福时刻的到来。

14 时 50 分，婚礼还没开始，刺耳的警铃打破了祥和、喜庆的气氛，中队又接到了新的抢险救援命令：浦口区乌江镇一加油站顶棚突然坍塌，有多人伤亡，要求中队立即赶往抢险救人。

警铃就是命令，听到警铃后的林正进忘了给新娘子打声招呼，转身就向营前跑步集中。

车辆呼啸着冲出消防中队大院赶往事故现场，林正进隔着车窗看了一眼跑到车旁的妻子，夫妻俩默契地笑了一下。

这次救援行动一干又是 8 个小时，林正进和战友们先后成功营救出 15 名被困群众，直到晚上 20 时 30 分，轰鸣着的消防车才驶回中队营区大院。

经过长时间持续高强度的紧张工作，林正进和战友们已经十分疲惫，但仍然按照战斗要求进行器材补充恢复战备状态。

23 时 30 分，期盼已久的婚礼终于举行了，当战友们簇拥着林正进来到新娘的面前喝着交杯酒的那一刻，林正进夫妻都流下了激动的热泪。

在抗雪救灾的过程中，像林正进这样随时坚守在自己工作岗位的公安战士很多，他们都为抗灾工作作出了巨大的贡献。

贵州黔南布依族苗族自治州，2008 年初，同样遭受了有历史记录以来，从未遇到过的特大冰雪凝冻灾害，全州 12 个市（县）全部停水停电，道路瘫痪，通讯中断，树倒房塌。正准备欢欢喜喜过大年的各族群众，骤然陷入从天而降的灾难之中。

灾情就是命令。在党和人民最需要的时候，武警贵州总队黔南布依族苗族自治州支队副支队长赵晓青带领着战友们战冰雪、斗冻雨，把对党和人民的忠诚镌刻在了冰雪苗岭。

1 月 19 日凌晨，黔南布依族苗族自治州人民医院 6 名生命垂危的病人急需手术，而此时全市停水停电。

接到医院求救电话后，赵晓青带领几名战士抬上发电机，冒寒风，踩冰雪，跌跌撞撞，冲向医院。最终，手术获得成功，病人全部转危为安。

同一天，贵阳至广西新寨高等级公路上 6000 余辆汽车被困。18 时，赵晓青接到紧急命令后，立即带领 50 多

名官兵奔向最严重的墨冲至独山路段。

汽车在冰雪中不能前进，赵晓青指挥官兵徒步奔袭15公里赶到现场。从19日这天开始连续六天六夜，赵晓青睡了不足10个小时的觉，只吃了4顿饭，指挥官兵清理冰雪40多公里。

1月22日，支队接到护送救灾款到三都水族自治县的命令。这个县是国家级贫困县，距州府都匀89公里。在这场特大雪灾中，这个县受灾严重，全县资金告急。

赵晓青立即带领4名战士踏上了行程。

一路上，他们既要保护资金安全，还要为运钞车的顺利通行排除障碍。当车行至被当地人称为"十八弯"的盘山路时，由于曲折山路结上了厚冰，车辆虽有防滑链也寸步难行。

赵晓青与战士们跳下车，挥起工兵锹在冰面上砍出一道道拐坎，引导车辆一点点向前挪行。经过两个多小时的努力，他们终于通过了这段近800米的"死亡路段"，把资金安全护送到三都水族自治县。

2月24日，长时间没有休息的赵晓青由于在三都县连续奋战，引起痛风病的发作，双脚肿痛，住进了医院。

当天17时，赵晓青所在的部队再次接到通报，贵新公路严重阻塞，上级命令他们火速打通这段道路。

赵晓青得知了这次任务后，当即中止输液，率50余名官兵赶赴灾情严重的墨冲镇至独山路段。

贵新公路是西南地区唯一的出海大通道，也是通往广东等地区的交通大动脉。在这条要道上，墨冲至独山县23公里的路段，坡陡弯大、路窄桥多，是贵州"南大门"最险要的路段，车辆事故多发，人称"鬼门关"。

因持续的冰雪凝冻，已有7000多辆车、5万多名群众被困在这里，造成贵新公路全线瘫痪。

赵晓青带领官兵驱车行驶不到两公里，由于气温太低，油箱的柴油被冻住了。

他迅速指挥大家下车徒步前进，借着雪光，抄近路，翻山越岭往前赶。冰厚路滑，赵晓青就与官兵们扯起路边的茅草捆在鞋上防滑；山高坡陡，他们就手脚并用往上爬。

冻雨越下越大，他们的衣服冻得像铠甲一样。经过7个小时的艰难跋涉，终于赶到了出事地点。

被困五天五夜的群众，一见到赵晓青与官兵们，顿时欢呼起来。

看到被冰雪困住的长长车龙，听到群众一声声急切的呼唤，一种强烈的责任感在赵晓青与官兵们胸中升腾。他们迅速展开铲冰除雪、疏导交通、抢救群众的战斗。

公路上冰层厚达10多厘米，赵晓青带着官兵拿起十字镐，一块一块向前挖，许多战士手上的虎口被震裂了，鲜血直流。

经过20多个小时的连续奋战，赵晓青和全体官兵们终于疏通了一边的道路，车辆开始缓慢行驶。

雨夹雪越下越大，气温越降越低。当晚24时，出事

抗冰救灾

地点中间的良亩大桥又结上了厚厚的冰层。一辆满载货物的大货车，在桥上车轮直打滑，桥下是百米深渊，司机吓得不敢开，刚刚打通的路又被堵了起来。

赵晓青顾不上喘口气，带着官兵就往桥上赶，几次跌倒在雪地里，又几次爬起来往前冲。他的心里只有一个想法：在这个时候一定不能倒下，就是倒，他也要倒在桥上融化一块冰！

看着桥上厚厚的冰层，赵晓青和官兵们不顾天寒地冻，立即脱下大衣垫在车轮下。

车轮从大衣上碾过去，他们再把大衣拿起来，又迅速铺到前面去。

就这样，赵晓青和官兵们总共用了20多件大衣，铺起了一条平安通道。

终于，出事地点再次打通，汽车顺利地开了过去，赵晓青看到自己和战士们的努力没有白费，总算松了一口气。

1月31日，罕见的凝冰导致贵州独山至麻尾段供电网全线中断。因大部分线路架设在高山之上，给线路的排查和抢修带来困难。

2月1日，刚刚完成公路保通任务回营的赵晓青，率领40多名官兵又担负起电路保通的重任。

独秀峰是独山县境内最高的山峰，架设在峰上的3根电杆全部折断。山上峰高坡陡，赵晓青腰系保险绳，手执工兵锹，走在队伍最前面。

每迈出一步，他都要先砍倒灌木、清除凝冰才能前进，其他人则紧随其后，抬着电杆艰难向上攀爬。

经过四天三夜的艰苦跋涉，赵晓青带领官兵，终于完成了 70 公里的线路排查和修复任务，共修复电杆23 根。

在这连续供电线路检修的过程中，赵晓青没吃过一顿热饭，没睡过一个好觉。肆虐的冰雪灾害，考验着赵晓青和官兵们的意志，也检验着他们的忠诚。

1 月 25 日 16 时，赵晓青正带领战士疏导交通，忽然发现一辆开往广东的大巴车上有 6 位老人病重，两位已经高烧昏迷。

赵晓青边叫卫生员紧急救治，边准备送往附近的镇医院。这时，他的手机响了，妻子焦急地对他说："你怎么才接电话，快来接我和儿子，我们在路上被困一天啦！"

原来，在这之前，赵晓青的妻子已经给他打了好几个电话、发了 10 多条短信了，但因为赵晓青忙而没有注意到。

赵晓青的妻子患有风湿病，儿子刚 8 岁，当时离他只有 15 公里多，他们是来赵晓青的支队过年的。

一边是需要救助的妻儿，一边是需要救治的群众。作为丈夫，赵晓青应该担当起照顾家人的责任；作为抗灾前线指挥员，他更应该担负起为党分忧、为民解难的责任。

想到这些，赵晓青安慰妻子说："老婆，我们正在救人，你看你能自己想办法回去吗？"

说完，赵晓青带领着战士们背起6位老人就往10公里外的镇医院跑去。

一路上，飞扬的雨雪打得战士们睁不开眼，老人趴在战士们背上不停地咳嗽、大口地喘气，战士们心里更着急了。

一到医院，赵晓青立即为6位老人挂号治疗，并留下一名战士照顾。第二天早上，老人病情好转，赵晓青又从自己的钱包里拿出2000元钱买好车票和药品，把老人们送上了开往广东的客车。

赵晓青正准备跟自己的妻子联系时，一名战士急切地告诉他，一辆开往深圳的大巴车上，有48名老人、妇女和孩子两天没吃东西了。

得到这个消息，赵晓青立即让战士们拿出所有的食品和水，分发给他们。看到大家不够吃，赵晓青又买来盒饭让战士们将食物送到车上。

1月27日20时，滞留在风雪途中的一个孩子高烧40度，无处医治，年轻的妈妈急得直哭。情急之中，赵晓青脱下军装裹在孩子身上，抱着就向8公里外的镇医院跑去。

到了医院，那里正被告之停电，孩子只能转院治疗。情急之中，赵晓青拦住一辆带有防滑链的中巴车，恳求司机："帮我把这个孩子送到州医院，要多少钱都行……"

驾驶员了解情况后，深受感动，载着母子紧急赶到苗族自治州里，使孩子平安脱险。

2月3日，黔南布依族苗族自治州血站告急：各种血浆库存量低于警戒线！刚刚执行救灾任务归队的赵晓青，闻讯又带领官兵赶到血站，第一个躺上了输血台，主动要求献血400毫升。

5日傍晚，赵晓青带领官兵回到支队短暂休整。这时，他才知道，自己的妻子拉着孩子已经在雪地里步行5公里多，才搭上便车来到支队，并已在支队等候10天了。

当晚，妻子为赵晓青烧了一桌饭菜说："你可回来了，我们家可以过个团圆年了。"

妻子的话，让赵晓青眼窝一热，他想到第二天又要执行新的救灾任务，便一脸歉意地说："老婆，明天就是大年三十了，我们提前吃个团圆饭吧！我们明天还有任务，估计不能陪你们过年了，你们还是回家去吧！"

在赵晓青的劝说下，第二天早上，妻子领着儿子一步一回头地登上了开往贵阳的客车。

在抗击冰雪的30多个日日夜夜里，赵晓青带领官兵们检修供电线路142公里，疏通道路140余公里，疏导车辆3万多台，解救被困群众1.7万余人，救助危重病人300多人，修复民房140多间，为一线的抗冰救灾工作作出巨大的贡献。

抗冰救灾

抗冰保竹战斗打响

2008 年 1 月，持续的冰雪灾害使四川长宁县国营林场的竹海变成了茫茫雪海。长宁是闻名遐迩的"中国竹子之乡"，是全国著名的旅游大县和革命老区。

1 月 12 日以后，长宁的日最高气温从上旬的 10 度多陡然降到零度左右。

19 日，冰凉的雨水变成冻雨；持续的低温还使林区年相对湿度达 90% 以上的空气慢慢变成了冰凌。

26 日晚上，全县降下了 17 年来的最大一场雪，竹海变成了雪海，林海变成了雪原。竹子和树木经受不住如此的重压，竹林里到处都是竹子破裂、断裂的声音。

大雪不仅压垮了竹林，还直接威胁到周边村民们的房屋安全。危急时刻，长宁县万岭镇楠竹经营所所长王启荣率领队员们迅速赶到现场，钩竹梢，排险情，千方百计地保护竹林。

27 日一大早，王启荣拿起竹竿，绑上镰刀，顶着刺骨的寒风，冒着冰冷的雨雪，对职工们说："走，我们钩竹梢去。把能使的力气都使出来，最大限度地多钩梢，钩一根竹梢就少损失一根竹子，来年就多长几根竹笋！"

"只要楠竹在，不怕没柴烧。"经过奋战，全所职工将损失降到了最低。

然而，令王启荣等人没有想到的是，31 日晚上，长宁再次降下几十年不遇的大雪，部分林区积雪近 1 米。

　　2 月 1 日凌晨 5 时 6 分，长宁和兴文两县交界地区又发生了 4.6 级有感地震。电杆倒了，电线断了，竹子折了，树木倒了，房屋压塌了⋯⋯雪上加霜，灾情更重了。

　　灾情就是命令。王启荣早晨 6 时就起床，赶往受灾最重的三江工区。雪厚冰滑，路烂竹挡，平时一个小时的行程，今天足足走了 3 个多小时。

　　站在伏龙坪上，眼前是一片惨状：树木倒的倒、断的断，竹子更是没有一株是直立的；一根直径 20 厘米粗的黄桶树拦腰折断，落在两间护林房上，屋顶还被打出个大窟窿。

　　王启荣立即筹集树木、铺竹和青瓦，修好了护林房。

　　他还将全所职工组成 3 个抗灾救灾抢险组，清除倒在、断在和压在 20 多公里公路上和近 100 公里电线上的竹木。

　　为了保障工区职工和林农的正常生活，为了让群众过一个欢乐祥和的春节，王启荣不断叮嘱同伴："马上过年了，马上发春笋了，能钩梢的就钩梢，实在不行的就把上半部分砍掉。一句话，既要保证通电，又要尽最大努力保护好母竹。"

　　王启荣的精神感动着大家。经营所很多职工来自绵阳、射洪、蓬溪、遂宁等地，在王启荣的带动下，职工们一个也没有回老家过年。职工陈湘贵姐姐家的亲人去世了，他也没离开工区一步。

电不通、路不通，王启荣每天步行9公里多路，与工人们一起清扫路面积雪，钩梢打雪，衣服湿了就烤一烤。一个多月以来，他们只能轮流下山去洗洗澡、给手机充电。

大年初一，为了将受灾损失降到最低，王启荣依然深入重灾区农林工区，与职工们一起探讨灾后重建。

他告诉职工们："要对林区进行彻底清理，钩梢能够恢复的竹子，要尽量恢复；竹林受损，枯枝落叶增多，要特别注意森林防火。"

在市、县的领导和林业部门的关怀下，王启荣请来竹业专家四川农业大学的江心教授和易同培教授，以及宜宾市林科所徐小林所长，制订了《科学救灾、重建家园》的恢复和发展规划。规划指出：

立足进行保护性清理的原则，能保则保，能留则留。

王启荣说："我们要按照灾后重建的恢复和发展规划，带领全所和全县的竹农，苦干巧干，确保大灾之年不减收。"

就这样，在无情的雪灾面前，王启荣带领全体职工和村民共钩下了4万多根竹梢，这不仅为国家减少近50万元的经济损失，更重要的是保住了4万多根来之不易的楠竹，保住了5万多根春笋。

群众自发的抗灾义举

2008 年 1 月中旬开始的特大雨雪冰冻灾害，使湖南省最南部的城市郴州 443 座电塔倒塌，数万根电杆折断，350 多万人口的供电、供水全部中断，全城成为一座与外界隔绝的"孤岛"。

危急时刻，千里之外的一支由 13 位唐山农民组成的救灾小分队悄悄成立，他们租了一辆面包车，准备好了锹、镐等工具，在大年三十这天向湖南灾区出发。

发起这项活动的是唐山市玉田县东八里铺村村民宋志永。

刚开始，宋志永打算向湖南灾区捐 2 万元钱。后来，他看到湖南不少地方山上全是雪，电力施工难度很大，急需人力、物力支持。经过反复考虑，他萌发了去灾区一线支援的想法。

2 月 5 日，大年三十的前一天，宋志永将自己的想法告诉了妻子。开始，他的妻子坚决反对。

宋志永告诉妻子，在 30 年前的唐山大地震时，全国人民都支援唐山，现在南方遭了灾，身为唐山人当然也有义务去支援他们。

妻子的思想工作做通后，宋志永又考虑到自己一个人的能力有限，便动员自己所在村的村民一起前往。

宋志永的热情很快感染了村民，在他的号召下，村子里有 16 位农民踊跃报名。

考虑到部分农民家里的特殊情况，宋志永从他们中最后确定了 12 人，这些人中，有 8 人是头一次出远门，有 2 对父子、3 对兄弟，年龄最大的 62 岁，最小的才 19 岁。

人员定下后，宋志永又以每天 650 元的价格租到一辆小型客车，拿着家里的 3 万多元钱和一封村里开的介绍信，与大家一起奔赴湖南。

2 月 7 日 17 时，驱车 20 多个小时后，宋志永一行终于到达长沙，但当他们打听到位于长沙的湖南抗灾指挥部时，相关人员告诉他们，那里的抢险救灾工作已经基本结束。

为此，大家又决定转战到湖南受灾最严重的郴州市。

8 日上午，宋志永一行赶至郴州。可当地抗灾工作繁忙，竟没人"理睬"这个外地来的抗灾小分队。

为了找到最需要人力的地方，宋志永跑到一个抢险救灾协调会会场，躲在后排"偷"听救灾安排。

他听到湖南省电力公司承担的一个项目正急需 1000 多名工作人员。

一散会，宋志永就找到需要人力的省电力安装工程公司的一位负责人说："我们是从唐山来的，愿意义务救灾。干不了技术活，我们可以抬工具、运材料，让我们参加吧！"

这位负责同志被宋志永的精神深深感动，他立即给宋志永他们安排了扛器材、抬电杆、拉电线一类的体力活。

　　当天中午，宋志永一行人经过郴州一座大桥时，看到两旁人行道都是积雪，行人都在行车道上行走，他们马上从车上拿出锹、镐等工具，清理人行道上的积雪。

　　部分过往行人见到他们车上的标语，问明究竟后，也抓起工具，和他们一道铲雪除冰……经过 4 个多小时的奋战，才基本干完。

　　快收工时，省电力安装工程公司负责人打来电话，要他们马上赶到材料库卸材料。待大家干完时，已是 21 时。这时，大家吃了点面包、矿泉水，算是晚饭。

　　自此以后，这支抗灾小分队几乎一刻也没闲着，在省电力安装工程公司的安排下，转战郴州各地电力抢险现场。他们每天晨 5 时准时起床，一般要到晚上 24 时才能休息。

　　初来乍到，由于水土不服，他们中的好几个人都不同程度地出现了腹泻、感冒、发烧等症状。为了不影响救灾工作，他们都只是吃点止痛药就继续干活。

　　他们缺乏准备，只备了两双塑料套靴。结果干完活回到旅店，没穿套靴的人袜子一拧一把水。第二天他们又在袜子外边套上塑料袋，继续干。

　　在抢救现场，他们中有的手被冻伤，有的脚被扎伤，但他们都咬牙坚持，不肯休息。

湖南菜以辣为主，这群北方汉子吃不惯就用面包和方便面充饥。

正是因为有了许许多多像宋志永等人一样日夜奋战的抢险人员，才使郴州的电力抢险工程进展顺利。

2月13日，郴州供电基本恢复正常。

抗灾小分队的故事感动了无数的郴州人和郴州的电力抢险工作者。

同一天，唐山市慈善总会给宋志永等发来了慰问信，并慰问了他们的家人。

唐山市慈善总会对他们大年三十毅然南下、自发组织赴湖南灾区支援电网重建的义举给予高度评价，称赞他们向灾区人民奉献爱心的行动，彰显了唐山人民公而忘私、患难与共的抗震精神。

2月23日，农历正月十七，当13位唐山农民兄弟完成了在郴州的救灾任务准备离开时，郴州市人民政府授予他们"荣誉市民"的光荣称号。

全国人民支援灾区，灾区人民也没有忘记尽上自己的一点微薄之力。在湖南衡东县大浦镇农庄村九组有一名普通农民叫刘吉桂，他们一家虽然没有在抗灾一线破冰除雪，但他却在家门口救助了44名被困乘客，为遇灾群众送上了缕缕温馨。

1月26日，持续了10多天的冰雪天气，使湘南大地变得遍地雪白。

晨5时30分左右，随着"轰隆"一声巨响，广东省普宁市客运公司一台"粤 V－1029"大客车侧翻在京珠高速衡阳段路边的排水沟里。

听到响声，住在离高速公路不到 50 米远的刘吉桂马上跑过来到路边查看。只见司机受伤，车上的 44 名乘客冻得直哆嗦，有的还受了伤，行走艰难。

经打听，刘吉桂才知道，他们都是从深圳赶回湖北荆州老家过年的。

看见刘吉桂来，一位怀抱孩子的中年妇女大声在车上呼救："救救我的孩子吧！"

听到求救，刘吉桂连想都没想，立即从家里拿来铁锤，在高速公路绿色铁丝防护栏中砸开一个洞，猫着腰钻了进去。

他从妇女手中接过不到两岁的小孩，对被困的乘客们说："大家跟我来，到我家里去烤烤火，暖暖身子。"

人们陆续跟他进了屋，发现他家的房子并不宽敞，屋子里一下子拥进这么多位客人，显得非常拥挤。

刘吉桂全家马上忙开了。首先，他从邻家借来 4 个火炉，又找出一口大铁锅，搬来木柴，燃起火堆，给大家取暖。

为让客人们吃好，刘吉桂把稻草绑在鞋上，一步一滑到 3 公里外的市场买菜。

由于大雪封山，猪肉每公斤涨到了 30 多元，连小菜也要好几元钱一斤。平时节俭的刘吉桂一咬牙买来了 300 多元的菜。

他爱人胡满英也是一个好人，看到饥寒交迫的客人，一边找来家人的衣服叫他们穿上，一边招呼客人们围着火炉坐下。

刘吉桂7岁的二女儿刘珊点燃了几炉炭火，帮妈妈煮饭煮菜；13岁的儿子刘文亮则忙着搬柴、压水、摆筷子、洗碗，一家人忙得不亦乐乎。

客车司机刘光前翻车时左脚骨折，为了能让他得到及时治疗，刘吉桂喊来哥哥刘吉华、弟弟刘秋华，用一张睡椅抬着刘光前到附近医院，平时半个小时的路，他们走了近两个小时。

等将刘光前的脚治疗后回到家，刘吉桂三兄弟头上、衣领上都结了一层薄冰，冰水浸过鞋底，冻麻了双脚。

受伤的人安顿好了，客人的住宿却成了问题。当时，大巴车上一共有44人，其中妇女和小孩占了37人。

刘吉桂家有5张床铺，他动员老婆、女儿、儿子去邻居家借宿，并借来5床被子打上5张地铺，地上铺了层厚厚的稻草，共安置了22个客人，但还是解决不了问题。

这时，刘吉桂的哥哥刘吉华开口了，他说："我们刘家世世代代喜欢做好事，这是一种缘分，我家安置10个吧！"

听了刘吉华的话，他们的弟弟刘秋华接着说："哥哥们不要操心了，这剩下的12个客人就住在我家了！"

这样，44名乘客当晚分别被刘家兄弟安置了下来。

客人安置下来后，刘家又面临着一个问题，就是大家的吃水问题。

刘吉桂家门口有一口水井，但被大雪冻住的压水泵，每天清早只有用开水将冰雪烫融才能压得出水来。

为解决44位客人的用水问题，刘吉桂兄弟每天穿着草鞋从1公里外的水井里挑水，一挑就是50多担。

水有了，烧柴又成了问题。刘吉桂准备过年的木柴只烧两天就没了。好在年前碾了400公斤稻谷，吃饭有了保证，刘吉桂顾不了那么多了，他心中只有一个念头：保证客人不挨冻受饿。他拿起斧头，将家中准备建杂屋的几立方米木材劈开，让大家暖和身子。

刘吉桂连续忙了四天三夜，嗓子嘶哑了，还不停地咳嗽，为让出床位给客人睡，他一连两个通宵未在床上睡觉。后来，司机过意不去："你是我们的顶梁柱，白天你就睡我这张床，不然我们的生活都没保证。"直到第三天，他才休息了一个下午。

就这样，原本素不相识的45家人患难与共了四天三夜，刘家也就为这些受难的人们免费提供四天三夜的吃住。

几天下来，刘吉桂兄弟家共烧煤烧柴2吨多，吃米160多公斤，买菜1200多元，而他们却分文未取。

1月29日下午，京珠高速公路慢慢通了，县里协调联系了一辆大巴车，44位客人依依不舍地告别刘家。

那位带小孩的中年妇女给胡满英留下50元钱，泣不成声地说："在刘家住了四天三夜，你们对我们太好了，太客气了，我身上没带多少钱，表表我的心意吧！"

但刘家人说什么也不肯收这个钱。

临走，受伤司机仍行动不便，刘吉桂三兄弟又喊来邻居，将他抬到了离家6公里的国道边，送到大客上才离开。

在元宵节当天，湖南电台历尽波折，终于让这45家人重新团聚，当45家共患难的兄弟姐妹团聚时，大家都热泪盈眶。

因为"雪中送炭"的义举，湖南省委、省政府授予刘吉桂"湖南省抗冰救灾模范"荣誉称号。

颁奖典礼上，朴实的刘吉桂说："人人都有落难的时候，帮一把是应该的。"

四、 八方支援

● 旅荷华侨总会会长周守局说："'一人有难，八方支援'是中华民族的传统美德。"

● 12 日 13 时 30 分，京剧名家赈灾义演在北京梅兰芳大剧院开锣。

● 3 月 13 号早上，慈善功德会援建灾房协议签订工作圆满结束。

海外华人踊跃捐钱捐物

鼠年新春，中国南方部分地区遭受雨雪冰冻灾害的消息深深牵动着海外华人的心，从 2 月份开始，世界各地的华侨华人和留学生纷纷通过组织各种形式的活动踊跃捐款，为中国国内遭受冰雪灾害的人民献上自己的爱心。

2 月 10 日晚，澳大利亚最大城市悉尼的 200 多位华人艺术家走上舞台，参加了悉尼华人文艺界为中国抗雪灾而组织的一场"心连心"赈灾义演活动。

此次赈灾义演是由澳大利亚澳华文联发起组织的。澳华文联主席、本次义演总导演余俊武表示，举办抗雪灾义演就是为了表达海外华人的一份心意以及对灾区人民的牵挂和祝福。

中国驻悉尼总领事馆邱绍芳总领事应邀出席了晚会，并高歌一曲《万水千山总是情》，受到台下观众的热烈呼应。

同一天，在美国南加利福尼亚大学的一家多功能咖啡厅里，500 多名中国留学生和学者欢聚在这里，共庆鼠年新春。

演出中场，主持向来宾介绍了中国部分省份遭雪灾袭击的情况，并倡议大家向灾区人民伸出双手，献出一份爱。倡议立即得到了学生们的响应，他们纷纷走向募捐箱，将爱心投入其中。

2 月 11 日，荷兰华侨华人社团在阿姆斯特丹举行全荷侨界中国雪灾救灾捐款大会。会上筹集善款 2 万多欧元，并成立了荷兰侨界赈灾委员会，准备在荷兰华侨华人中进一步开展募捐活动。

此次大会由旅荷华侨总会和全荷华人社团联合会发起，十几个侨团代表与会。旅荷华侨总会会长周守局说：

> "一人有难，八方支援"是中华民族的传统美德，旅荷华侨总会愿与其他荷兰华侨华人社团一起，为中国救灾奉献一份爱心。

全荷华人社团联合会主席杨华根说：

> 今天荷兰侨界启动赈灾活动，初步募款 2 万多欧元，希望荷兰侨胞们继续踊跃捐款。

各侨团代表均表示，回去后将积极开展募捐活动，为中国抗灾尽一份力量。

此外，荷兰中国商会还于 8 日向中国驻荷兰使馆递交了 1 万欧元救灾款。位于鹿特丹的中文学校"丹华文化教育中心"9 日也在全校师生的新春联欢会上募捐近 0.3 万欧元。

300 多位工作、生活在阿联酋首都阿布扎比的华侨华人 11 日会聚在阿布扎比希尔顿酒店，举办了一场主题为

"感恩中华，激扬未来"的晚会。

晚会的组织者在现场设置了捐款箱，到场的华侨华人纷纷响应，为国内受灾地区人民献上自己的爱心。一些应邀参加晚会的外国友人也慷慨解囊，表达了对中国人民的友好之情。

西班牙华人鞋业协会、爱心委员会和《欧华报》的代表10日来到中国驻西班牙大使馆，向邱小琪大使转交了3.4万欧元义款。这是旅西侨团第三次集体向使馆转交捐款。至此，旅西侨界通过使馆向国内捐赠的赈灾义款总额已超过13万欧元。

同日，巴西华人协会会长吴耀宙10日在圣保罗全侨新春联欢晚会上，呼吁侨胞们在欢庆春节之际不忘遭受严重冰雪灾害的同胞，积极向灾区人民捐款。

出席晚会的侨胞们踊跃响应号召，当场捐献了约合150万人民币的巴西雷亚尔，并委托中国驻圣保罗总领馆转交国内有关机构。

居住在多哥的许多华侨华人在了解到中国国内的冰雪灾情后也纷纷主动向多哥华侨华人联谊会（简称华联会）提出捐款申请。尽管多哥目前经济不景气，生意难做，但许多华侨华人在观看了中央电视台播出的有关节目后，仍纷纷主动向华侨华人联谊会提出向灾区捐款。

据华联会会长谢燕申介绍，华联会已经收到华侨华人捐款近0.7万美元，华联会将尽快把募集到的捐款汇往国内相关机构，支援中国人民抗击雪灾。

京剧名家举办赈灾义演

2月12日，正月初六，为了帮助南方遭受雨雪冰冻灾害地区的人民抗冰救灾，我国著名京剧表演艺术家在国家京剧院、梅兰芳大剧院举行赈灾义演活动，近40位京剧名家登台亮相，使出浑身解数，奉献出一台异彩纷呈的艺术盛宴。

12日13时30分，这场名为"真情家园，同此凉热"的京剧名家赈灾义演在北京梅兰芳大剧院开锣。几位阔别舞台多年的梨园名宿，一听说要为灾区义演，纷纷登台亮相，一显身手。

89岁高龄的武生泰斗王金璐携弟子表演了《八蜡庙》选场，他们的手、眼、身、法、步，样样有板有眼，返场时还为观众展示了腿功绝活儿，功夫不减当年。

85岁的大青衣李慧芳清唱了《穆桂英挂帅》选段后，又反串了一段言派老生名剧《让徐州》。

83岁的花脸景荣庆把一段《牛皋下书》演绎得威风八面，虎虎生风。

老艺术家们的精湛技艺，博得了观众们经久不息的掌声。

梅葆玖、叶少兰、冯志孝、孙毓敏、刘长瑜、杨春霞、赵葆秀、寇春华等名家也逐一上台奉献《太真外传》

《四郎探母》《淮河营》《红娘》《杜鹃山》《沙家浜》《法门寺》等名剧名段。

谭门祖孙三代谭元寿、谭孝曾、谭正岩同台献艺，为观众演唱了谭派保留剧目《定军山》选段。

杜鹏、王蓉蓉夫妇联袂奉上了《四郎探母·坐宫》一折。

此外，国家京剧院的张建国、邓敏、陈淑芳、江其虎等众多国家一级演员也为观众献上了各自的拿手曲目。

在义演现场，慈善家李春平当场捐款30万元，书法家欧阳中石先生捐出了自己专门为义演创作的一幅书法作品，国家京剧院一些因故未能参加义演的演员也纷纷慷慨解囊献出一份爱心。

义演共募集善款55万余元，全部捐往南方遭受雨雪冰冻灾害的地区。

慈善功德会援建民房

2008 年中国南方遭遇的罕见的雨雪冰冻灾害，涉及 16 个省、市和自治区，使数千万人受灾。

灾害发生后，江西东林净土文化基金会、慈善功德会对郴州市及湖南省十大贫困县之一的郴州安仁县一些因为雪灾而无家可归、无房可住的灾民进行了调查并了解受灾情况。

调查了解灾情回去后，他们开会作出决定，对一些受灾严重的灾民帮助灾后房屋重建。

东林慈善功德会援助的对象主要是安仁县的重灾贫困户侯光检、颜长喜、张家苟、侯桂平、张清、吕光生、吕礼荣 7 户及郴州市的唐回民、江公平、江俊杰、江俊和、江辉康 5 户灾民。

援助方式是：对于安仁县的受灾户，由东林慈善功德会全额出资建房，并为他们设计好 120 平方米的房屋图纸，为他们找好施工队伍统一建房。

对于郴州市的 5 户人家，由于他们有施工能力，慈善功德会决定部分出资协助他们建房。

郴州市民政局作为监证方，协助慈善功德会完成此次援助建房活动。

此次建房工程由两家施工队伍共同完成，建房时间

八方支援

为 3 月 15 日到 7 月 15 日，援助建房的资金为 50 余万元。

3 月 13 日早上，慈善功德会援建灾房协议签订工作圆满结束，他们的善举受到了灾区人民的好评。

"不为自己求安乐，但愿众生得离苦"不是一句口号，而是一点一滴实际的行动。面对众生的危难和疾苦，东林慈善功德会在资金短缺的情况下，大家同心协力，众志成城，完成了新房建设。

本书主要参考资料

《众志成城》张德崇等著 解放军文艺出版社

《众志成城：抗击雪灾专题》潮州在线网站

《南方冰雪报告》陈启文著 湖南文艺出版社

《回家—2008南方冰雪纪实》聂茂 厉雷著 湖南人民出版社

《冰雪中立起的丰碑：2008抗冰雪英雄谱》中共中央宣传部新闻局编 学习出版社

《抗击雪灾我们共同行动专集》新华网 新华通讯社网络中心

《抗冰雪报道作品选》中共中央宣传部新闻局编 学习出版社

《鏖战冰雪谱华章：全国气象部门抗冰救灾纪实》中国气象报社编 气象出版社

《湘潭大冰雪：来自抗冰救灾前线的报道》陈志光 王荃主编 湖南人民出版社